# 堆积情感

• 陈志红 著

湖南师范大学出版社

**图书在版编目（CIP）数据**

堆积情感／陈志红著. —长沙：湖南师范大学出版社，2015.7

ISBN 978 - 7 - 5648 - 2203 - 3

Ⅰ. ①堆… Ⅱ. ①陈… Ⅲ. ①随笔—作品集—中国—当代 Ⅳ. ①I267. 1

中国版本图书馆 CIP 数据核字（2015）第 171989 号

# 堆积情感

陈志红 著

◇责任编辑：孙雪姣

◇责任校对：江洪波

◇出版发行：湖南师范大学出版社

地址/长沙市岳麓区 邮编/410081

电话/0731 - 88873070 88873071

网址/https：//press. hunnu. edu. cn

◇经销：湖南省新华书店

◇印刷：三河市华晨印务有限公司

◇开本：850mm×1168mm 1/32

◇印张：6. 25

◇字数：130 千字

◇版次：2015 年 9 月第 1 版 2025 年 3 月第 2 次印刷

◇书号：ISBN 978 - 7 - 5648 - 2203 - 3

◇定价：48. 00 元

# 自 序

2012 年，习近平总书记提出要实现伟大中国梦。李克强总理鼓励大众创业万众创新，每一个人都要积极行动践行自己的理想。在 2015 年全国两会期间，举国上下关注的热词之一是"获得感"——不光要有梦想，还要有所斩获。

而写作、出书就是深藏在我心间的一个文学梦。从小到大，尽管在个人生活、工作上，我都经历了一些挫折和磨难，但这份痴心始终未变。反过来，这么多年社会、人生阅历的增加，目睹家乡各方面的深刻变化，这一切更是极大地丰富了我的情感和心灵，为写作提供了源源不断的灵感。

　　这本文集里的作品，主要就是我最近几年在自己博客里写的文章的一个汇总。作品按写作线索分类，以写作时间排序。具体来说："行走四季"标签下的文章是写家乡四季的景物，虽然其中也穿插了一些个人的事例，但笔者是把它放在特定的季节里来抒写的。这八篇习作和最后的一些诗词，是比较纯粹的文学创作的尝试，集中体现了笔者在创作方面的一些想法，所以特意置于本书的首尾。"乡土记忆"标签下的文章，是写家乡农村在改革开放这几十年来气候环境、风土人情的深刻变化。"情感点滴"下的文章，是笔者个人生活和情感的记录和感悟。"网络寄语"下的文章，是写笔者在网上写博客的经历和感受，另有少量社会和时政类的评论文字。"附庸风雅"下的文章，是笔者个人的写作心得（写作技巧、心理、审美等等）。总之，笔者是想通过对四时风景、家乡变迁、人生际遇等的描写和发掘，激励广大读者珍惜美好时光，努力学习，拼搏奋进，建设好我们的家园，在拼搏进取中实现自己的理想和价值。

　　每个事物都有其自身的发展规律，就像人生有高潮和低谷，个人状态会起起伏伏。这些都会影响到我们，有时难免还会有失落和痛苦，如果全凭理智、信心、勇气等等来激励还远远不够，对生活和事业的热爱和深厚感情往往胜过利益驱动和责任心。爱和情感的力量能战胜一切，也最打动人心。

　　有20多年了吧，在我的记忆里一直珍藏着一段画面，其实是一首歌曲的MV。MV的主角是香港著名艺人黎明，在片中他身着一套户外装备，为寻找真爱跋山涉水。这首老歌叫《如果可以再见你》，因为年代太久远绝大多数人都已经把它忘记。黎明还有另一首广为传唱的经典作品，很多歌手都翻唱过，有不同的版本，歌名就叫《堆积情感》。

另外，关于此书的书名，中间还有一个不为人知的小插曲。鉴于现在所使用的书名太过经典，我一度曾想换一个更出彩的名字。因为我在书中写的都是一些零零碎碎、老套过时的东西，所以就想冠以《微情感》、《小情感》之类的名称，但上网搜索后发现上述名称早被别人采用、捷足先登了。于是我就发挥想象，以自己地处"五线城市"（县城、城镇等）欲将其命名为《五线情感》。这正好契合了本书散文写作的五条主线，也契合了我对音乐（五线谱）的喜爱之情，肯定是我的首创。然而，终究还是觉得有牵强矫情之嫌，终于放弃，尽管有点可惜。

我的文集就要印行了，在此之际，我要感谢湖南师范大学出版社，感谢出版社李阳主任以及责任编辑孙雪姣老师为此书所做的工作。尤其要说的是，孙雪姣老师细心指出了书稿里个别用词的错误，甚至连每一个标点符号都不放过。另外，对于此书的结构安排，孙老师也提出了合理化建议，使本书的编排更趋严谨和连贯。

书里的作品倾注了笔者全部的心血和感情，限于本人的天资和能力，只能达到目前这个水平，诚恳地希望得到读者朋友们的批评意见，敬请方家雅正。

　　校对完文稿，掩卷停笔，凝目窗外，校园里香樟树、广玉兰的叶子还和冬天时一样翠绿。远处，栀、荷又依时开放，在微风中一阵阵暗送沁香。我们赖以生存的大自然似乎永远拥有新鲜的能量，让人在赏心悦目的同时又满怀希望。感谢 2015 年春夏的这些日子，一切都显得那么美好、生机勃勃。

　　愿芳华永驻，文苑常青。

陈志红

2015 年 7 月于襄阳

# 目　录

## 行走四季

夏之魅　003

行走在人生之秋——写给四十岁的我　007

春天的约定　010

初夏印象　013

山村雨霁　015

九月·田野·鸟　017

立冬　019

冬的秘密　021

## 乡土记忆

不闻松涛　027

乡村野食　030

乡音乡情　036

家乡的果树　040

又见皂荚树　045

## 情感点滴

053　　我的读书之路

056　　足球人生——像英雄一样离开

061　　最大的遗憾

064　　一张迟来了十年的全家福（2001—2011）

066　　小镇除夕夜

068　　人到不惑

070　　我的 2012

072　　纠结的购买

074　　从棋酒茶诗说开去

076　　心若在，梦未老

083　　岁月如歌——音乐那些事儿

091　　游吟 520

093　　船记

097　　船的意象

100　　船之辨

104　　船恋

108　　清明情思

111　　静湖

## 网络寄语

117　　泊之船

困惑　119

时光不会把每一个人遗忘　121

被上帝遗忘的人　123

追梦的脚步永不停歇　126

世上只有读书好　128

泊客，有空来坐坐　130

一路走来，你为等待　132

杨善洲的一句话　134

读《东坡养生集》摘要　137

## 附庸风雅

读泰戈尔《采果集》兼谈我的文学理想　141

读"四书五经"佳句（上）　143

读"四书五经"佳句（下）　145

流连经典，迷恋古典　147

情迷早餐店——关于原创的美学思索　149

作家是怎样炼成的　151

博客，想说爱你不容易　153

也谈文人相轻　156

我不会停下手中的笔　158

纯文学的无奈　160

纷繁嘈杂中的写作　163

## 原创诗词

169　分享艰难

170　年少的梦

171　抒怀打油诗

172　水之轮回——听卡地亚同名纯音乐有感

173　坚持——致自己

175　短章

177　渐行渐远——为网友"粉彩迷情"同名画作题诗

178　呓语

180　栀子花开

181　盼春

182　端午小令

184　莲·物语

185　桉

187　沐——写给 2014 世界读书日的十四行

189　六月莲

行走四季

# 夏之魅

到了七月，又是一年的苦夏。

一大早，天气酷热，蝉噪不止，邻居装修，因为没有得到充足的睡眠而头重脚轻，我踢着拖鞋强忍着发火的冲动走下楼梯来到后院。

平日里只在阳台上远观而无暇亲近的栀子花、紫薇开得正艳，一片白中点缀几丛淡紫和粉红，倒也相宜，更兼阵阵浓郁的花香袭人，确是深夏的味道。那股浓酽劲既像满杯的苦丁又像重彩的工笔画。

小转一圈回来，我在单元门洞旁推出单车上街去吃早点。还不到六点，街上已俨然闹市，车水马龙，门面、地摊早已铺排得满满的，人行道变成了仅容一人一车的单行线。凉席、风扇、带不锈钢支架的新式蚊帐、成堆成扎的啤酒码成了山，薄如蝉翼的连衣裙、AVON防晒霜、激情花露水……毕竟又是一个招摇浮躁的季节。附近几家家电卖场的喇叭正起劲地唱着爱的痴迷和艰难——伤心城市、爱情码头、看透爱情看透你，此起彼伏，你方唱罢我登场，一遍一遍永不疲倦。我听着听着，刚刚转好的心情又慢慢阴郁下去。难道生活中真的有那么多的苦闷和辛酸，无法排遣吗？

我不禁想起了过去，想到了好多的夏天。有一个人在40度以上火炉一般的城市里的苦苦煎熬，还有独自在南方的那些夏天。

潮汕的夏夜是那么湿且黏腻，空气仿佛都能挤出水来。台风还未来四处就有一股海腥，连着冲几个冷水澡都无法令人彻底清净。有立在路口硕大的龙眼树、沿途兜售着金黄油亮味美诱人的烧鹅的小贩、早点摊上涂着炼乳的精致小点、大得出奇的牛肉丸、满街出售自制的沙参玉竹汤的凉茶店。最难忘的是五月的莱芜岛，因时令还没到盛夏的旅游旺季，几间没有营业的刨冰屋、士多店，一张张收拢的彩色遮阳伞，曾经喧闹又暂时恢复寂静的海滩浴场，海浪连天，一大堆精心搜集整理好终于又散落遗失的大大小小的各种贝壳，就像一堆纷繁凌乱的思绪。

浙南的夏虽然温和了许多，但仍有浓浓的海的气息。乌贼、黄鱼、虾蛄、当地人几乎生吃的带血的小贝类，大排档里更多眼花缭乱、叫不上名字的小吃和海鲜。人也生猛，无论男女，清一色的紧身 T 恤、收腰牛仔，满口话完全不是想象中宋词里的吴侬温软，短、快、蛮。人的性格也浓烈、直接，也像夏天。

想终归是想，无论哪儿的夏，火爆也好，温情也罢，总不似家门口的夏那样随意挥洒、酣畅自然，多多少少透着一丝生疏、寂寞，原本就不是我的夏天。

就这样胡乱想着，带着一脸茫然，我呆呆地不知不觉就来到了每天必去的狗不理包子店。除了一张小桌只坐着一个人外，小店的桌面也全部人满。我怔怔地在空位坐下，夹起包子就往嘴里填，好像突然意识到什么抬起头来看看桌对面：一袭湖绿长裙裾摆就在我脚边，一束看似蓬松不经意却有型的发髻像极了古代屏风里的孔雀翎，一张素面堪称惊艳。竟是一超级清纯脱俗的美女，我分明在哪里见过，但任我怎样苦思冥想也记不起来。直到一缕幽香自对面沁入鼻息，我才吃惊地发现原来现在是明朝的夏天，面前坐着唐寅，有秋香奉茶执扇，茶是碧螺香茗，摆在旁边的一幅工笔仕女墨迹如新、丹青未干。哦，原来她自我梦的最深处走来，自文采风流的明代小说里走来，从唐伯虎的巨幅仕女图中走出，施施然来到我的面前，款款地就坐到了我的桌前。幸好我的梦境大多数是温柔蕴藉的，大明的夏想来恐怕也不像今天这样奥热吧……砰地一声，丢下碗，猛一激灵，彻底清醒的我快步跑进旁边的小超市，冲着熟悉的导购小姐急急地喊："快来一盒碧螺春，我只要特级碧螺春。"声音连门口新来的美女收银员都听到了，她疑惑不解地看着我，不停地眨着眼。

睹人如斯，得茶如斯，足矣。酷暑终于离我远去，苦夏不复是苦夏，在我眼里分明是一个独具风情的艳阳天。

（写于 2011 年 7 月 20 日晚，改于 7 月 21 日晨）

# 行走在人生之秋

## ——写给四十岁的我

亲爱的自己，今天是你四十岁的生日，我要给你写点东西。是自己这些年以来对人生的感悟，权且以此犒赏一下自己吧。

天地万物，春生、夏长、秋收、冬藏，四时因循，盛极而衰，否极泰来。小到一介草木，大到芸芸众生。

俗话说，人不知春草知春，每到岁首，尽管冬的寒意肆虐，但小草、枝丫准时绽绿；人不知秋花知秋，年年八月，金桂如期飘香。日亦如此，夏至北回，冬至南归。月亦如此，阴晴圆缺，盈减亏生，千万载默默向世人昭示着天道。

眼下，夏的喧嚣尚未褪尽，时令却已至深秋，时间的脚步竟如齿轮运转般精准、急迫。

时维九月，序属三秋，我亦行走在人生之秋。

终于有时间、有心情回首我走过的这一路。

四十年前的这样一个秋天，我出生在一个普通的农民家庭。由于姑妈不能生育，爹妈忍痛把未满五岁的我过继给姑父、姑母当儿子。

我的幼年和青春是怎样度过的呀？是和骨肉弟妹至亲长期分离的思念；是随着父亲工作地点变动不停转校的记忆——小学五年换了五所学校；从乡镇中学一直读到省城，留给我印象最深的只是走马灯似的更换着不同的食堂。至今仍在内心深处、梦的扉页铭记着加洛《青春之旅》的句子：步履匆匆、一路芬芳，青春之果可以采摘了吗？我不安分的心仍然要去飞翔。家一直在我心中遥不可及的地方。

人生的壮年亦如夏天，绚烂璀璨。东奔西走，光阴就像白驹过隙，烟花一现。大多数的日子对于我来说仍是孤寂的。就算有了另一半，由于这种特殊的经历，在某些层面我还是有着无法与人言说的孤单，仿佛如同刘若英在那首歌中唱到的一样"我会一直孤单，就这样孤单一辈子"。难道今生注定如此吗？这一路的奔波辛苦有收获吗？当然有，所有这些经历过的人和事慢慢沉淀下来，情感如陈酒般久久酝酿，堆积蔓延……

终于，终于我也走到了自己人生的秋天。看着两边的父母一天天渐渐老去，看着自己的孩子从咿呀学语到青涩少年，看着妻子劳累后满足的笑靥，我觉得所有的付出都是值得的。我要把这么多年所受的委屈一股脑儿全抛到九霄云外，一切的一切从现在开始全部放下、释然。

终于，终于我也摇身一变，成了枝头上那只熟透的果儿。正如泰戈尔在《采果集》里所言："我年轻时的生命犹如一朵鲜花，当和煦的春风来到它门前乞求时，它慷慨地解下几片花瓣，并且从未觉得这是一种损失。如今青春已逝，我的生命像一颗果实，已经无物分让，只等着彻底奉献自己，连同沉甸甸的甜蜜。"

就在此刻，我顿悟了，我理解了成长的艰辛和幸福，读懂了生命更为深邃广阔的内涵。就在今天，我要对自己说，拥有了这份丰硕与收获，我就不会孤单；即便再逢寒潮，我也绝不畏惧冬天！

（写于 2012 年 10 月 11 日）

# 春天的约定

也不知是记忆中的第几次了，整个冬天几乎没有雨雪，伴着春天的脚步，雪花纷纷扬扬而至。

迟来的冬雪，早到的春天。冬雪落在春天。

季节似乎已经错乱，如同濒于癫狂错乱的世界。

早已没有了小时候冬天屋檐下长长的冰柱，没有了夏秋连绵不绝的雨季。大自然对于雨水甘霖的期盼就像人们对于膨胀物欲的焦渴，永远也无法满足。

干旱，广阔的中部大地自进入 21 世纪第二个十年以后，就是漫长连续的干涸饥渴。

长达几年的旱季，从夏一直到春。许多的堰塘、水坝已经露底，土地咧开了大大长长的嘴巴，干渴得再也不能说话，无言地讥讽抗议着人们无止境的掠夺。

但是，季节仍然有序，万物没有死寂，太阳照常升起。

走过了春的萌动、夏的浮躁、秋的从容，又到冬的神圣庄重。

清早，走在阡陌小巷，风扬起的雪花调皮地散落在我的鼻尖、嘴角，跟我打着招呼，和我玩笑嬉闹。于是，我不再讨厌早春的湿冷和泥泞。

雪花还是来了，尽管来得太晚。除了岭南几个城市，一年一度的雪，就是欣悦的期盼，断不了的念想。似乎可有可无，但如果没有总觉得缺点什么，就像信仰。信仰春花灿烂、夏花依然！

春雪，难道不是一种厚积薄发、大器晚成吗？和雪花的约定不就像我们一直坚持的梦想吗？岁岁年年，始终不渝。因此，我们有理由相信：只要坚持，不离不弃，就算到周杰伦哼唱的"发如雪"，该来的还是会来的，就像雪花的姗姗来迟！

从最初 2010 年我在百度写博客开始，后来在网易、读者、散文吧，多少朋友来了又去，去了又来。在百度，十佳原创博客得主、百度空间管理员、作家俗世游离回访我的博客，阅读我写的文字，她的认真和坚持给了我继续前行的勇气。诗人胡长荣、《小说月报》的"燕子"也到访我的空间。虽然我和他们交流并不多，但在我看来这就是默默的肯定和鼓励。在网易、读者博客，又遇到了很多志趣相投的朋友。尽管博客已经和文学一样，早就淡出了人们的视线，但我们仍然在坚持着。只为那一个小小的梦想，一个神圣的约定。

行走四季，我和春天有个约会，我和大家有个约会，一场诗意的约会。

耳畔又依稀响起了《一条路》的旋律，在今天听来仍然新鲜和舒服：

一条路，落叶无迹，走过我，走过你

我想问你的足迹，山无言，水无语

走过春天，走过四季

走过春天，走过我自己

……

（写于 2014 年 2 月 9 日）

# 初夏印象

　　一件件褪下冬春厚厚长长的内衣外套，和人一样，衣橱里新一季的新陈代谢又要开始了。

　　马路边、街巷人家门户两边的几棵开花的树很是打眼。其中一种叫不出它的名字，枝条细细长长，遍体没有一片叶子，密密匝匝开满了紫色的花，给人一种过分堆砌不真实的美。

　　街边、小区、花坛，到处充斥着月季馥郁的色香。每到此时此刻，头脑里会不自觉地蹦出恩雅《China Rose》缠绵婉转的旋律——"one told me of China roses...my dream my way /a new world waits for me"。

　　杨柳是越来越少了，柳絮也无从寻觅，

是因为今天的江河湖泊不复古典的烟波浩渺，甚至连"杨柳岸晓风残月"的意境都不易体验了。其实，古诗词里的杨花柳絮是专指柳絮的，也就是柳树的种子和它上面的茸毛。因为亲水的柳树愈来愈少，漫天飞舞的柳絮也就停留在诗词和歌词里了，让人去臆想、揣度、吟唱吧。

除了柳絮，我十分想念一种植物的花，也是种子，灾荒之年还可用它来充饥。它就是榆钱，长长的一串一串嫩绿，带着淡淡的甜香，小时候我们经常爬到榆树上去摘食。"北榆南榉"的榆树，可能是和松柏一样因为综合价值不高，落得同样被砍伐的命运，如今在我们中部地区很少见到其踪迹了。

在古城襄阳的一些地方，一种速生白杨树倒是让你无法忽视它的存在。这种白杨原先可能也有，但没现在这样多。每到这个时节，到处飞扬的都是它的花絮，无孔不入，令人讨厌。造成这种现状的原因是，人们砍掉松柏和其他杂树，大面积地改栽速成的效益更好的大白杨。于是乎，古人随手攀折赠别的依依杨柳，连同一池碎萍、一川烟草、满城风絮、梅子黄时雨，至此被它终结，被它延续！

还是抛开思古幽情、种种怀想，到人间烟火处，商场超市里逛逛吧。卖场里的商品早已更新换季，依次出现了凉席、羽衣。走进熙熙人流，时尚潮女也日益凶猛，到处是短裙黑丝来袭。所有一切让人觉得这又会是一个不同往常的夏，一个个崭新火辣的日子正势不可挡，离我们越来越近了……

（写于 2014 年 5 月 6 日）

# 山村雨霁

清晨的小山村，东方慢慢豁亮了。绵延近一个月的秋雨终于画上了句点。

堰塘、小河、农田里涨满了水，零星的碎萍漂移着，几只白鸟静立在岸边。

远山、近树像反复漂洗的绿军装，干净铮亮；大片的稻田等待收割，村庄变得丰饶圣洁、金光灿灿。

村口有一棵挂牌的古楸，枝上悬垂着千条万缕的楸实；旁边几株梧桐的树皮泛着淡淡油油的青绿，透出一种文雅；农家院落四周的木瓜、柿子树高擎着果子。

道场边、小路旁、田埂上，几丛美人蕉迎风轻舒广袖；在久雨的晨昏，曾无数次吟唱"雨打芭蕉"的片段。

喜鹊在枝头叽叽喳喳，从这枝跃上那枝，忙着邀请同伴，互通久雨初晴的讯息。

远处，不时传来斑鸠的鸣叫。从西周青年男女相会的河洲开始，一直响到现在，怎么听也不觉厌倦——

咕咕，咕；关关……

咕咕，咕；关关……

（写于 2014 年 9 月 19 日）

# 九月·田野·鸟

秋分。连阴雨不时翻脸捣乱。

趁着天晴，我在菜园费力挖地准备种点小葱大蒜。一只小鸟静静地栖在旁边的小树枝上，一直不肯飞走。它在那儿干吗呢？我的好奇指数不断刷新。后来，当我挖出小虫、蚯蚓时，小鸟迅速飞下把它们啄起吃掉，然后又落回原处继续等着。这可爱的小东西，不禁让人雀跃起来。

远处，几台收割机在稻田里穿梭工作。一群喜鹊尾随收割机超低空飞行，呷呷轰叫，起起落落捡食遗落在地上的谷子。那种阵势，似航母上频繁起降的战斗机群，又像训练有素的士兵们呼喊操练。收获的季节有了它们顿时热闹非凡。

　　黎明静悄悄，农家小院里熟睡的人们突然被一阵急促、刺耳的鸟叫声吵醒。原来，窗外的香樟树上不请自来了一窝八哥。它们在争吵、辩论，抢着发言。接下来的几天都这样，人开始变得烦躁不安。八哥好像知道人的心事一样，飞走再也不回来了。可这印象深刻的邻居却留在了我的心底，不经意间还会想起。它们也让我想起了我生活中几位久违的同事，什么时候能和他们再见面，一起把酒言欢、畅叙幽情呢？

　　（写于 2014 年 10 月 6 日，2014 年 10 月 27 日改定）

# 立 冬

立冬，上午。小镇，城乡结合部。

在密集的住房空隙，见缝插针遍布着大大小小的菜园。菜地边猪圈顶棚、小路旁的木槿树上，攀爬着浓密的眉豆秧子，藤上结满了绿色、紫色的扁豆；这儿一丛，那儿一丛。竹篱笆上点缀的蓝色牵牛花，穿越了故都的秋，带着娴静淡定的韵味，走入寻常百姓家。

柿树是这个季节无可争议的主角，叶子全落光了，枝上高举着尖的圆的柿子，就像无数个小灯笼悬挂在房前屋后，造着气氛。

庄稼地收获后到处空荡荡的。几行熟透的高粱整齐地排列在田埂上，犹如士兵放哨站岗。几块性急勤快的冬小麦悄悄出头，不走到近前很难觅其踪迹。放眼望去，成片的土地翻耕完毕，敞开着宽广湿润、黄黑厚实的胸怀，散发着付出后的一丝落寞气息，还有对下一季丰厚回报的无尽渴望。

淡淡的太阳伴着淡淡的风，连小狗小羊这些小动物们的神态都有些懒散。人们三五成堆码长城消遣着无聊的时间。一只小船在小学老校区背后的湖面上缓缓划行，船上两个人互相配合往水里下网准备捕鱼，细长透明的渔网滴着水珠，粼光闪闪。芦苇岸边有钓友在垂钓。附近几个建筑工地上，砌匠师傅、打杂女工们穿着单薄的衣裳在工作。他们彼此兴奋地开着玩笑，搅拌机"哐哐"旋转夹杂着砌刀敲砖的"当当"声，热火朝天般地忙个不停。

（写于 2014 年 11 月 2 日，2014 年 11 月 8 日改定）

# 冬的秘密

## （一）

一场场的风霜将时间打蔫儿，开启冷冻模式。不同于一片盛开的杏、一支莲，甚至一星豌豆花的秒杀，冷冻是个慢活儿：先把枯叶残荷定型，再将瓜瓜络络、豆豆藤藤杀青。

## （二）

时间有意在隐藏着什么，它就像一个魔术师，掩盖了一些真相，不为人所知。

南飞的雁阵过尽，带走了北方的表情、暖热的心。

漠河北极村的永夜、查干湖开网冬捕、

壶口瀑布美轮美奂、此刻的羊八井冰火两重天、没有雪花的羊城、三亚的椰风海韵……

鸽子、家雀儿在旁边单调地叫着，有一声没一声；由远到近、高高低低，水墨画般若荠的树影。

时空被东西南北的纵深渲染、雕琢成西斯廷的经典作品。

## （三）

风从冰面掠过，另外半个池塘变为细如鱼鳞的波纹，竟然是宋画的感觉。

## （四）

孤寂是这个季节的基调，得守住自己的孤寂冷清。没别的办法，等待。除了等待还是等待，唯有等待。忍耐，就像忍冬花一样忍耐。忍过了冬，它也能跃上高处，续写一条藤灿若金银的传奇。

## （五）

今年又是一个暖冬，而且干燥，雪什么时候会来呢？如今，在中部要来场痛快的雪也不那么容易了。

## （六）

中年模样的母亲，她有化腐朽为神奇的本领。将泡好的蚕豆沿十字划开，放在低矮的屋顶，一夜过后第二天早上豆被冻得酥松，下油锅烹炸成兰花状——名曰"兰花豆"。

## （七）

冷的物理属性是固体，如遥远的行星，没有水，没有生命。冰挂、雾凇、滴水成冰，记忆结晶成六角形。

## （八）

或许你还不知道，"冬"的本义其实是"终"。一年之终，终结于冰雪。从人类结绳记事，把绳子的两端打结表示结束，就造出了这个字，一直演进到篆书金文。

## （九）

一年的辛苦劳作快结束了，好好休息休息，犒劳一下自己吧！

（写于 2014 年 12 月 7 日）

乡土记忆

# 不闻松涛

　　我的老家在鄂西北的一个山区，那里出门就是山。而且越往北山越大，越往北山势越陡峭，大都是石头山，一条小溪七转八折逶迤而下，人迹罕至。一条向南的通车公路绵延几十公里通向集镇和县城，顺公路而去，地貌依次为高山、丘陵和平原。

　　山里的孩子喜爱山，我们小时候最爱在山里摘野果吃了。春有桃、有杏，秋有板栗、山楂、柿子、野葡萄……那山葡萄可酸了，我有一次贪嘴吃多了，牙齿酸到了以至于好几天都不能吃饭。山里出产也很丰富，光是药材就有很多，像火龙根、夏枯草、沙参、三七，连珍贵稀有的灵芝都有很多。直到现在，采挖药草去卖也还是我们当地老乡一项重要的收入。

然而，老家、童年、少年，在我记忆中，留下最深刻印象的不是上面所说的东西，而是一片一望无际的松林，还有那震撼人心的松涛声。

不知道从哪个年代起，乡民们在山上全栽上了松树，树越栽越多，越窜越多，最后连成了片，再也没有一点空隙。松林就像一块碧绿的翡翠，绿得好像都要冒出油来，一个一个的村庄点缀其间，宁静而安详。松树成林了，老乡们也获得了很大的好处，光是收集地下掉落的松针和松果，每年做饭的柴禾都用不完。

当年上学，我每个星期都要骑自行车往返于老家和镇上的学校之间，完全就在松树林中穿行。那浩瀚无边的松林简直就是无风三尺浪的大海，绵延不绝，气象万千。每当一阵风掠过，松海马上回应起来，松枝起伏，从一棵树传向另一棵树，从一个山头传向另一个山头，直到远处看不清的天际；同时，那阵阵动人心魄的松涛声彻底将你包围、淹没，陶醉其间的我都分不清周围到底是树是山还是海，一时竟不知置身何处，人也霎时就感觉到了自己的渺小，感叹自然的神奇和博大。

也就在上个世纪九十年代，一切全改变了。

几年不回故乡，我竟然都认不出她了。一路看去满山没有一棵树，到处光秃秃的。由于失去了植被的涵养，许多土地沙化了。我熟悉的小溪也快断流了，即将从地方版图消失。父亲说，由于只砍树不栽树，近几年经常干旱，他只好在山坡上多种些红薯之类的耐旱作物；药草越来越少，灵芝也绝迹了，听上年岁的老人讲没有松树就不生长灵芝菌了。

我们这一代人的童年消失了，记忆出现了断层，很快就要割断生我们养我们的根了。

不闻松涛久矣，我的思念慢慢也变成了一种病。我知道那是对故土的眷念，是对家乡亲人的思念，是对我无忧无虑的童年和激情张扬的青春的留恋，还有对蓬勃生命律动的情牵。

去年春节前夕，天还在下着雪，我又一次登上了老宅屋后的山坡。令人惊喜的是在一片荒芜之中我发现了一片绿，是一块松树苗。虽然面积很小，树苗也很稚嫩，但在寒冷和荒凉中她是那样欣欣向荣，我爱她就如同爱我的孩子……

（写于 2010 年）

# 乡村野食

## （一）

我有幸生于 70 年代，更有幸出生在乡村，因此我吃到了很多城里人没吃过的食物。

小时候农村条件艰苦，没什么好吃的和好玩的东西。我就爱和大孩子们一起在河汊里、堰塘边、田间地头，还有满山野里转悠，尽情玩耍之余还可以弄到许多的吃食。

每个天气好的下午和黄昏，我们都要到河滩边的草地上玩儿，打满一竹篮猪草后就开始抓鱼了。夕阳下的小河闪着粼粼的金光，水面上成群游动的参子鱼（也叫刁子鱼）吸引着我们的目光，时不时地还有小鱼从水里跳出水面来撒欢。于是,大点的孩子就直接下河去摸鱼,小孩儿们就用工具捞。我们使用的捕鱼工具最简单不过了,把粗铁丝弯成半圆形,再套上网子就行了。把网子放在小溪的狭窄处、河堰的出水口、过河的石墩中间,任水从网子里流过去,不一会儿就能捞到好多的小鱼,以参子、黄尾巴刁子鱼居多。把这些鱼提回家去,母亲费力把它们剖开洗净,撒点盐再和上面浆放在油锅里一炸,就是绝美的食物了。没油吃的人家就把鱼直接放在水锅里煮,胡乱加点葱、蒜、盐、散醋,快起锅时到房前屋后拽几把藿香叶或是花椒叶丢下去,一锅飘着诱人香味的鱼汤就上桌了。如果村子里哪家媳妇生小孩了要发奶,家里人就到小河边捉螃蟹。随便翻开几块石头就能抓到河蟹,大小都有,煮汤吃下去催乳的效果极好。近些年经常干旱少雨,年成不好,农村普遍缺水,河水有时候还不到灌溉的季节就快干涸了,小溪经常断流,在河里也越来越难捕捉到鱼类了。一到雨季河里涨点水,马上就有馋嘴的乡民用药毒鱼。这是一种灭绝式的捕获,几瓶药倒下去,整条小溪下游的鱼全被毒死漂浮在水面上。慢慢的,先是螃蟹从整个流域消失了,接着就是黄鱼、胡子鲢、参子、黄尾巴刁子、沙丁、四方片、虾……现在河里就剩下繁殖能力最强的鲫鱼和鲤鱼,而且只有在最大的河堰里才能找到它们活动的踪迹。

夏天割完麦子,放水整田后就要插秧了。于是,水渠边、田沟里又成了我们的乐园。不要说水渠了,就在田沟里都可以捉到野生的黑鱼（乌鱼）、乌龟、鳝鱼。这些水产品可是当下最受欢迎的滋补食品。但那时候的农村没有谁把它们当个宝，甚至有好多老乡因为不会收拾、烹饪这些"活宝"，根本就不去吃它们。当种田大规模用上化肥和农药后，这些活物也基本上绝迹了。

## （二）

到了秋冬季节，小孩儿一伙爱干的事就是背着大人偷偷地到堰塘里摘菱角、挖荸荠。

荷塘的水通常都很深，黑幽幽的，看上去让人害怕，里面菱角也少，没有工具我们是不敢采菱角的。倒是一些半废弃的堰塘没人管理，那里面长满了菱角。青绿、黄黑色的菱叶浮在水面上，中间夹杂着一些水草，有的地方菱叶生得太密挤得堆了起来，把整个水面都盖严实了。嫩绿色的菱角就藏在叶子下面，抓起一串菱角秧子能摘到很多的菱角。嫩的放在嘴巴里咬破外壳就吃到了菱角米，这是一种甜中带一点淡淡的涩味，很特别。老的菱角硬且长着长长的刺，我们不敢下口去咬又不敢带回家，就又扔回到水里去，于是来年又新长出许多的菱角来。这样的堰塘我们叫"菱角堰"，几乎每个生产队都有一两个。

快过年时，荷塘要放干水挖莲藕。我们一帮童子军乘着荷塘没人潜伏过去，撸起裤腿、衣袖在塘边的乱泥里挖荸荠。这些野生的荸荠个儿比较小，刚挖出来的荸荠吃起来味道是脆甜的，水分很足。这种野荸荠与腊月间集市上卖的荸荠味道略有不同。市场上卖的荸荠存放了一段时间，丧失了部分水分后口感没有新鲜的好。因为藕是生产队集体的财产，在挖荸荠的间隙，我们只敢偷偷地挖一两节藕吃。就用塘坑里的水一洗就吃，咬一口扯出长长的藕丝，脆甜之中还隐隐有荷叶的清香，觉得比甘蔗和水果还带劲。

农村实行联产承包后，由于干旱、缺乏管理等原因，堰塘的数量少了许多，村里仅存的一两口也被用来养鱼了，附带着少量地种一些藕。为了追求最大的经济效益，堰主投下大量的化肥到塘里面。就这样，菱角和荸荠绝种了，藕倒是长得又粗又长，但是无论生吃还是熟吃，既不香又不甜，怎么扯也看不见藕丝了。

## （三）

除了河、塘、沟、渠，山里的孩子最爱山了，因为山里有很多野果吃。

山野里常见的野果夏有桃、李、杏，秋有板栗、柿子、山葡萄；但这些我们往往不喜欢吃，有时甚至连瞧都懒得瞧它们一眼。我们这些小家伙爱吃的是生长在林子边、山路旁的刺果儿和密林深处的山楂。

刺果儿的样子有点像小号儿的草莓，味道也是酸甜的，比草莓的味道略淡，颗颗小果粒嚼在嘴里比草莓更爽口。如果你吃过半熟的桑葚的话，刺果儿的外形和味道和它一模一样。夏天的早晨放牛，我经常沿路拽着刺果儿吃，新鲜的果儿上还沾着露水，任怎么吃也吃不够！

山楂大家都不陌生，但城里人吃到的要么是半生不熟的鲜果，要么是晒干后的山楂片，就像中药铺里卖的那样。山楂我们管它叫"山林果"，可见它在山林里极多的数量和受欢迎的程度。其实，山林果儿最好吃的时节是秋天，那是它在山林里自然熟透的时候。小小的果实红彤彤的点缀在同样小小的叶子中间，就像晶莹的红宝石一样耀眼。摘几颗吃下去面面的，酸味少了许多，更多是一种香甜。由于这种果实难以收储保管，摘下来不吃很快就会烂掉，因此在市场上很难遇到。

后来，人们开始砍树。不管是松树、水杉、楸树还是杂树，整片整片的砍伐过后山坡全是光秃秃的，就剩下一些茅草孤寂地长在那儿。前几年，我到仍然坚守在大山里当教师的舅舅家去玩，发现原来很热闹的一个山湾现在就剩下他们和另外一家在那儿住着，别的人家都迁到集镇和县城去了。记忆中小时候漫山遍野的柿子树、板栗树、李子树竟然一棵也见不到了，让人在伤心遗憾的同时也更加怀念我们儿时的快乐时光。

如果说这些山野食物大家不熟悉的话，就说菜园吧。由于人口的不断增加，为了提高产量，蔬菜的品种也在不断地改良，催生出早熟、高产、转基因等技术。现在好多的蔬菜吃起来已经不是它本来的味道了。

总之，我们就是吃着这些乡村食物长大的。用今天的话来说，这些都是原生态的绿色食品，健康安全无污染，自然香醇，滋味鲜美。因为没钱，我们很少在集市上买吃的东西。再说那时的集镇上除了一两家国营餐馆外，好像也没什么地方卖吃食的：没有面包店，没有卖汽水的副食店。再看看现在的小孩子们都在吃些啥——面包、可乐、炸鸡腿，直接和国际接轨了。和他们相比，我们的确够土的了。但是我们吃过的东西好多他们再也见不到了，有的连听说都没听说过。比如说我们小时候吃过一种食物——树墩里的虫，我们称之为"木杆虫"，它们一般生长在栎树砍伐后的树墩、树根里面。冬天，我们把树墩挖起来，劈开后生火取暖，那里面就有木杆虫，白白胖胖的样子就像蚕宝宝一样。拿它在火上烤焦，吃下去脆香脆香的，特好吃。您别看现在国外和大城市流行吃昆虫食品，好像挺前卫时尚的，其实早在几十年前我们就吃上了，够超前的吧。

（写于 2012 年 6 月 19 日）

# 乡音乡情

自老家返城有大半年了，我的脑海里总是盘旋着一些声音、面孔，久久挥之不去；心中常有一些感动和依恋的情怀，时时不能平息。

隆冬时节，天寒地冻。一别家乡经年，昔我往矣，杨柳依依，今我来思，雨雪霏霏。村口小溪，冰雪消融后河水陡涨淹没了过河的石墩，人一时竟然过不去了。正自愁着，对面一位大叔刚过河不久，看到我们一家子的情形又折转身回来了。大叔五十多岁的样子，黄黑的面孔，脸上一直挂着浅浅的笑容。只见他走到河边，一句话也没言语，脱下胶鞋就下了河。足足有半个多小时，他就一直在冰冷刺骨的河水里四处找着石头，试图搭高石墩好让我们过河。此刻，雪花仍在漫天飞舞着，我的心却暖热如同夏天。

到了自家门口，我不禁驻足观望。家里一切依旧，就像从童年到成人后我每次回家的情形一模一样。厨房的烟囱上炊烟袅袅，母亲仍在灶房里做饭，父亲站在门口的屋檐下唤着我的乳名："红娃子回来啦。"唯一令我感到异样的是，门前晒谷场边不见了熟悉的老水牛低头刍草的身影。我问父亲："咱家的牛呢?"父亲指着牛棚说："我年岁大了放不了牛了，牛在夏天就卖了，我买了拖拉机放在那里面，犁田更好使呢。"看到我脸上不信任的表情，为了证明自己的技术，他马上推出拖拉机（小型旋耕机）打着火，就在门前的场地上演示起来。看到过去印象中笨拙的父亲驾驶机器动作娴熟、进退自如，我们忍不住都大笑起来。看来老父亲这辈的农人也与时俱进了呀!

年初二，冒着小雪，我步行几十里山路给舅舅拜年。舅舅舅妈站在门口迎接我们。自从外公外婆去世后，我好多年未见到舅舅一家人了。闲谈中我才知道，舅舅自从外公手中接过教鞭以来，这三十多年一直坚守在茫茫大山深处任教，他的事迹登上了《光明日报》，在省市级媒体和教育网站都经常报道。为了子女的婚事，几年前他付了首期在县城买了商品房，现在正努力赚钱还贷款。据舅舅说，住在他家隔壁的我小时候的一个好朋友龙娃，今年都三十大几岁了还光棍一条在外面飘荡着呢!听到这儿，大家都不胜唏嘘。

很巧的是，正月间我还赶上参加了一个婚礼，是我姑家老表的儿子娶媳妇，论辈分我是新郎的表叔。是日，鼓乐齐鸣，鞭炮阵阵，好不热闹。宾客来了很多，有好些我都认识，于是我和他们攀谈起来。我说我对早些年农村红白喜事宴席的气氛和咨客（主持人）的印象极深：过事的人家室外搭着棚子；屋里屋外一溜溜整齐地摆放着陈年的木桌、条椅，黑黑的木盆，黑黑的木托盘，黑红的竹蒸笼，土制的陶碗、水壶；帮忙的忙进忙出；吹鼓手的样子和现在影视作品与小说里一样，表情木讷而兴奋。等噼噼啪啪燃放完毕万字头爆竹就要开席，一切都肃静下来，盛装的咨客上场了，拖着腔喊上一串极长且绕口的辞令，以酬谢一众宾客和各色帮忙操持的人员，结尾通常是这几句："姑父舅舅坐上席；客请客，客让客；备（多少）桌的桌椅，备（多少）桌碗箸，备（多少）桌酒席；帮忙的师傅们，上菜咯！"……所有这一切的场景好像又清晰地重现在我的眼前。听我说起这些，他们嬉笑着说："你落伍了，现在的咨客谁还说这一套哇，你等着看吧，今天的好戏还在后头呢！"果不其然，正午时分，婚礼现场的乐队停止了演奏，新郎的父母乔装打扮后被主持人请上了舞台。只见我老表的脸上也不知被谁抹满了黝黑的锅底烟，头戴书写着"我是火爷"的尖顶帽，脖子上挂着一把特制的十几公斤重的大号烧火钳。表嫂则戴上了一副大眼镜，其中一只镜片是黑色的，一只是白的；脖子上吊着一瓶灭火器。于是，在主持人的导演下，一出闹剧正式开演了……在满场客人的哄笑声中我也笑倒了。这时妻子悄悄碰碰我说："别光顾着乐，还没点歌呢！"我毫不犹豫地说："就点那首《乡音乡情》吧！"

"乡音难改，乡情缠绵；乡情缠绵，乡音难改；一声声乡音，一缕缕乡情，时时刻刻萦绕在我心窝。"歌声响了起来，随风飘得很远很远。

是啊，随着城镇化、工业化的浪潮以不可阻挡之势席卷中国农村大地，我的家乡也在发生着深刻的变化。有些变得更文明美好，有一些也庸俗、沉重得快令人难以接受了。但我知道，还有些东西始终未曾改变，仿佛在记忆以前、亘古以来就一直在那儿存在着，到今天仍是那么亲切自然。就像父母一直唤着的我的乳名，就像舅舅在大山里的默默坚守，就像那位陌生的农民大叔赤脚在冰河里为我搭桥——那就是留存在每个人心中永远的乡恋。

（写于 2012 年 8 月 18 日）

# 家乡的果树

我每次到超市购物，一逛到果蔬区就能见到货架上摆满了从天南地北运来的各色水果。挑些自己喜欢的买回家去，吃起来总觉得不是熟悉的味道，更不用说那些看起来就生分的怪模怪样的舶来品了。禁不住地开始想念起家乡的那些果树了。

## 一、桑田

我的家乡地处内陆腹地，群山环绕，雨水充沛，气候温暖湿润。农村家家户户的房前屋后、果园里、水渠边都遍植各种果树，一年四季盛产各种水果。

每年最早成熟、采撷的要数桑葚了。离

我当年读书的小学不远就有好几片桑田，面积不是用亩而是以公顷计量的。一到阳春三月，四处鸟声啁啾，桑园里万千缕墨绿的枝条随风轻飚，枝叶间缀满了青红的桑果儿，还未完全成熟就令人垂涎欲滴。有首诗歌描写此时桑林的景色非常形象贴切：恰是春风三月时，芳容依旧恋琼枝。情怀已酿深深紫，未品酸甜尽可知。

直到长大后读《诗经》，读到《十亩之间》的"桑者闲闲、桑者泄泄"；读到卫风《氓》里的"桑之未落，其叶沃若；吁嗟鸠兮，无食桑葚"，才惊喜地发现几千年前的诗句竟如此怡然散淡、亲切自然、惟妙惟肖。特别是当自己也饱经了人生的风风雨雨、诸多悲欢离合，在万水千山踏遍并亲自在南粤目睹了沧海连天后，才真正体会到"沧海桑田"这四个字的感触之深沉。

## 二、桃源

农谚有：桃花开，杏花落，枣子开花吃馍馍。除了桑田，占尽故乡春光的就是桃树了。家乡的桃树品种繁多，既有本地常见的毛桃、血桃，也有从别处引进的"五月鲜"、"六月白"之类的水蜜桃。伴着初春吹面不寒的杨柳和风，阳光明媚也好，细雨霏霏也罢，漫山遍野尽是白、粉、红色桃花的世界。花事最盛的时候，村户人家、小桥流水、山陂洼地全隐没在如烟似霞、如梦似幻的花海中。难怪面对大唐李家、杜甫草堂的桃树，词人韦庄在《庭前桃》诗中感慨不已："曾向桃源烂漫游，也同渔父泛仙舟。皆言洞中千株好，未胜庭前一树幽。"毕竟陶潜笔下的仙境虚无缥缈，这才是人间真实的世外桃源。

## 三、枇杷

到了五月，家乡的枇杷成熟了。

我曾一度怀疑白香山是否到过我的老家，或是在此居住过；因为他那句"淮山侧畔楚江阴，五月枇杷正满林"说的地点和景物与我的家乡十分吻合。而唐"大历十大才子"之一的韩翃有诗"斑竹冈连山雨暗，枇杷门向楚天秋"，说的正是我家乡的风物。白居易的老家河南南阳离我们不远，他曾经多次到两楚一带游历。

枇杷对生长环境从不挑剔，容易种植；长成后枝叶荫密、婆娑可爱，叶片四季不凋，可做绿化树。因此它也是我们那儿种得较多的果树之一。其果实可以食用又是良药，叶花根皮均可入药。据《本草纲目》记载：枇杷，甘、酸、平，无毒；功能止渴下气，利肺气。要是有哪家大人小孩咳嗽、呕吐、无缘无故的呃逆（俗称"扯勾儿"），拿它煮水喝下去就可治愈。因此，无论男女老幼都很喜爱它。

今年春节回家，我到中学母校重游，见影壁上张贴陈列着本校师生的书画展品。一幅"枇杷图"立刻吸引了我的眼球：淡黑的叶子，橘黄的果实，寥寥数笔而情趣盎然，十分赏心悦目。细看落款，画者竟然是我一位中学同学，她如今成了母校的一位女教师。是啊，她不就像自己笔下的一棵枇杷树吗？迎晨曦、伴晚霞，沐浴阳光雨露，在家乡的大地生根发芽、开花结果，最后又反哺回报父老乡亲们的养育之恩。正因为有无数像她这样辛勤的园丁的存在，也让我们对脚下这片土地产生美好明天的憧憬，平添了几分美丽和深情！

由此，我更爱这种朴实无华的植物了。

## 四、木瓜

从夏到秋，是家乡果树的全面大丰收的季节。吃过了桃李杏，吃过了樱桃、枇杷，吃过了葡萄、苹果，又轮到"稻谷上场，核桃满瓢"。循着时令，"七月枣、八月梨、九月柿子红了皮"。即便到了秋末冬初，大地和草木披上了一层薄霜，果枝上还垂挂着金黄诱人的木瓜、柑橘。

在这些果类中，特别值得一提的是木瓜。它也是药食同源的果物，生吃能祛风湿、顺胃气。放一个熟透的木瓜在枕边，闻着它的香气还能放松助眠，"枕畔木瓜香，晓来清兴长"。"糖渍木瓜"是我们家乡有名的土特产，多年来一直行销各地。在我家单元楼下住着一对老夫妻，他们的一个儿子在美国麻省理工大学工作、定居，回国探亲必带走几罐"糖渍木瓜"馈赠其国外友人，那可是价值不亚于"琼瑶"的珍贵礼品。

有了这些果树，家乡人民一年四季都在花果香中生活、劳作，世世代代都在果蔬谷香里繁衍生息、休憩长眠。它们既装点了美丽的家园，又奉献了美味的食物，还增加乡民的收入，于是人们的梦境也五彩斑斓、醇香四溢。而这些嘉木精灵，从诗经的"桃之夭夭"、"桑之未落"一路走到现代，依然风姿绰约、身形丰满、甜蜜如初，分毫不减其诗情画意。

如今，马上又到"荷尽已无擎雨盖，菊残犹有傲霜枝"的深秋时节了，"一年好景君须记，最是橙黄橘绿时"。家乡的果树枝头此时正挂满了累累硕果，等待着人们去采摘、分享……

我愈发思念家乡的果树了！

（写于2012年9月7日深夜，改于2012年9月8日）

# 又见皂荚树

## （一）

因家庭和父亲工作的关系，从我出生到参加工作，我们的家搬过好几次，先后在黄家坪、团湖店、胡家湾、冷集街四个地方居住过。频繁的搬迁让我有点像游牧民族，缺少安定的气质，但因此也结识了更多的农村朋友。

黄家坪是我的出生地，我在那儿度过了快乐的孩提时代。我曾和小伙伴们一起在炕烟楼里打过雪仗，用细竹竿绕上蘸湿的蜘蛛网做成的工具粘知了、粘蜻蜓，屁颠屁颠地跟在大娃子们后面看他们下河摸鱼。

我们最喜欢玩的游戏和一棵皂荚树有关。它生长在我们队张队长家门口，华盖亭亭，枝繁叶茂，主干和枝丫有很多的分叉。小孩儿能很轻易地攀爬上去，然后从一个树枝转移到它的另一个树枝，就像 CCTV《动物世界》里的灵猫那样。除了下雨下雪天，我和二弟、国成、转运、黎青、黎红几个，差不多每天都会在树下集合，儿娃子玩石子，女娃儿过家家，一起翻来覆去地猜几个谜语，这些谜语同时也是能吟唱的儿歌，如："青石板，板石青，青石板上钉银钉；看得见，数不清。"（谜底是天上的星星）"一十五人抬个字，抬到鲁国问孔子。孔子见了哈哈笑，鲁班没见过这大个字。"（伞）当这些伎俩全部玩腻后，我们争先恐后爬上皂荚树开始玩捉迷藏的游戏了。先挑一个用布蒙上眼，其余的分散躲在各个树枝上。于是，儿童版的"螳螂捕蝉，黄雀在后"的把戏上演开了。参加游戏的双方都非常投入，惊险刺激，我们百玩不厌。时间长了，我们对这棵树的每一寸肌肤了如指掌，在上面如履平地，最后把十分毛糙的树皮都磨得光溜溜的。在我们眼里，这简直就是一棵巨大的有着神奇魔力的"宝树"，是一个广阔自由的天地和乐园。

五岁以后，我就离开了这儿，没事儿很少回去，慢慢我几乎把这棵树给遗忘了。

## （二）

从 70 年代到 80 年代末，我在团湖店村生活了十几年，由小学一直读到考取中专之前。

当时我家住的那个山湾有十来户人家，大部分是李姓和安姓。其中以靠近山脚最东边的李大伯家环境最美：门前种着橘树、桃、梨、樱桃，偏西的大堰塘下有一口清澈的水井，屋后是一大片苍翠迷人的竹林。李大伯人特别能干，除了种田种地、种瓜种菜，还会一手好篾活，会制作包括竹床在内的各种竹器竹编。他们夫妻俩育有一儿两女，分别叫宝群、九菊、九红。一家人为人和善大方，我们经常到他家去玩。在他家靠东头也长着一棵大皂荚树。每到夏秋，树上树下全是皂角。凡村子里的人去要，多少都行。村民们把皂角拿回去后，用棒槌将它捶碎掺上水就能洗净衣物。在那个生活清贫、物资匮乏的年代，这就是最好的洗衣液了。

## （三）

搬了多次家后，我的父亲终于从教育部门退休了。考虑到二老以后方便购物、就医，我们最后商定在冷集街安家落户不挪窝了。随着两位老人年事渐高，身体衰弱需要扶持照顾，再到他们先后辞世，我也逐渐习惯了小集镇的慢生活。

直到有一天，我家掌柜的从超市买回一瓶"百年润发"皂角洗发水。打我看到它的第一眼，最早由香港影帝周润发拍的经典广告画面，连同定格在我头脑中所有关于皂角的记忆，全部浮出水面鲜活生动起来。

家乡的皂荚树啊，你们是否还在原地守护着家园？是否已经把我这个游子给忘记了？

## （四）

从这以后，只要逮住机会回去，我就挨个去寻找那些皂荚树。

但是，从上世纪末，农村推土房盖砖房潮流盛行，各地的村容村貌发生了很大改变。村村通公路、地面硬化后，到处显得干净整齐。蜿蜒起伏的乡村水泥路和广阔原野里纵横交错的阡陌联网，四通八达，组成了新的生命动脉，为旮旮旯旯提速升级，插上了腾飞的翅膀。山坡、洼地全栽上了大白杨。经济效益相对较低的松柏、榆、杉、竹园少了。原先水渠边、山梁上开着白里透红艳丽花朵的油桐树，还有一到秋天小叶子变得红彤彤的木子树（乌桕）基本绝迹。

团湖店李家湾会做竹器的李大伯老两口都还健在，可他家的皂荚树早被砍掉了。嫌它碍事，如今洗衣粉、肥皂这么廉价霸道，再没人用皂角洗衣裳了。

黄家坪张队长家门紧闭，两口子外出打工好多年没在家了。所幸皂荚树还在。只见它孤零零地伫立在空荡的道场边，将近四十年的光阴流逝后，它也像人一样步入了中老年，停止了生长也不结荚果了。我仔细打量，这棵树充其量也就 3～4 米高，树冠面积比街边小摊贩的遮阳伞大不了多少；完全不是我们当初幼小眼光中的那样硕大无比，也难怪家长放任我们在上面捉迷藏了。暮色苍茫，炊烟四起，倦鸟投林，牛羊牧归。我在村子里打听了一整天后得知：当年我的那些发小，如今宛若蒲公英的种子般散落各地；而那些似曾相识、遥远神秘的歌谣早被岁月的潮水湮没，无从寻觅。

出乎意料的是，我在汤、马、南沟大山区有重大发现。一个人走在春寒料峭的二月，飘零的杏花夹着雨丝沾衣欲湿。无意间，就在离我舅舅家不远的一个乡村隘口，我和一棵虬枝嶙峋的古皂荚树邂逅了。古树的树龄有几百年以上，树干要几人才能合抱，主干里全是空洞，人和小动物能挤着藏匿进去。据当地人说，汉朝时王莽追杀光武帝刘秀，刘秀就是躲藏在这棵树内逃过一劫。传说的真实性今天已无法考证，这棵树现已被政府挂牌保护，成了旅游景点。

岁月沧桑，物是人非。古皂荚树存活到现在就是一部活的中国农村史，同时也证明了它自身的价值。皂荚树，和油茶、油桐、油柿、乌桕树一样，果实可作为食用油、油漆、蜡烛等日用品的原料，有的根叶皮还可入药，是地道的乡土物种，千百年来已经和人们的衣食住行紧紧联系在一起。有了它们，我们的农村更像农村，野趣盎然，乡情浓郁；有别于现在的遍地白杨，千城一面——香樟、冬青、广玉兰。

## （五）

皂荚树生存艰难，老态龙钟，但毕竟在偏远农村还有它的身影。我想，既然这样，在城镇也会有它的一席之地吧？带着这个疑问，这几年我走遍了我所在的集镇和周边的乡村，苦苦寻觅却一无所获。

就在今年秋天，我到上集村办事，正好路过原老北（老河口——北河）公路冷集收费站。现在的公路取直后，老公路变成了一条乡村水泥路，沿途盖满了新楼房，还有一些正在兴建中。公路上、停车位，拖拉机和高档私家轿车和平共处，倒也和谐，不觉得突兀。走在路上，回忆起我在镇中学读书时，曾多次沿着这条路拐上高峭的汉江河堤，到尖角、沈湾的同学家去玩儿。每到腊月年关，我和父亲各骑一把单车从这儿过大桥，到当时老河口最热闹的鄂北商场置办新衣和年货。纵目远眺，但见澄江如练清清浅浅；水落石出、芦苇隐约处，渡鸦群噪乱飞。汉江河东岸的城市依旧灯火璀璨，无视着尘世间马不停蹄的繁华落寞，所有悲欣交集、哭笑无端的似水流年……

我顺着公路一直走下去，正值口干体乏、意兴阑珊之际，前面的路旁闪出了一棵巨大的皂荚树。它那高大矫健的身躯如日中天，傲视两边的冲天杨，令树下的三层小洋楼黯然失色。我走到近前，只见它伟岸挺拔，气象蓊郁，那生机蓬勃的样子就像我们的祖国、乡村，像我们这代人一样，越过沧桑，久经历练，而今正当壮年、硕果累累，正自豪地挺起脊梁，成为砥柱中坚。环视大树四周，全是成熟后掉落的黑色荚果；再抬头仰望，只见千百个枝条间缀满了大大小小的皂荚，像无数的风铃迎风轻轻摆动，密密匝匝恰似夜空闪烁的繁星——

"青石板，板石青，青石板上钉银钉；看得见，数不清……"我听到那古老而又熟悉的歌谣，一遍又一遍在树下唱响着。

家乡的皂荚树啊，我的皂荚树！

（写于2014年11月15日—2014年11月16日）

情感点滴

# 我的读书之路

我一直都爱读闲书。

我们小时候最爱在街上买小人书（又名：连环画）看了。那时候流行的连环画册有《珊瑚岛上的死光》、《半篮花生》、《三国演义》等。如果小孩子们买了很多本还嫌看不够，街上还有专门摆小人书摊供我们看的，掏一两分钱租一本蹲着或者坐在供销社外面的水泥台阶上，就可以有滋有味地看一本自己感兴趣的。小人书买多了以后，我也摆过这样的小摊。现在想想，一个小孩在那种艰苦的岁月里干的这些事还真是一种挺温暖的记忆。还有就是每逢过年到外公外婆家看他们订的《大众电影》杂志，那里面可是我最初幼小的记忆中最光鲜、最令人向往的一个世界了。

上学后在学校住读，为了提高我的学习成绩，父亲特地给我订了《小学生学习报》和《少年文艺》。其中《少年文艺》是一份针对少年儿童的文学期刊，对我的影响很大，里面的一些文章到现在我都还记得。那时候大部头的小说很少，都是一些传统的《杨家将》、《岳飞传》、《隋唐演义》、《水浒传》之类的章回体，不像现在这样多元化。也就因为这样，这些小说我反反复复读了好多遍。

上中学以后，随着年龄的增长，我迷上了武侠小说。像峻骧的《峡谷芳踪》、梁羽生的《大唐游侠传》、金庸的《射雕英雄传》、《神雕侠侣》等都是我的最爱。小说里那神奇的武功和独特的场景引发了人无限的遐想，我都萌发了要自己写一本武侠小说的冲动，甚至连故事情节都构思好了。当然青春期的我也读了像琼瑶的《心有千千结》、《彩霞满天》之类的言情小说。记得当时看《彩霞满天》时全班只有一本，大家轮流着看，书里面缠绵悱恻的爱情描写深入骨髓，我个人认为迄今为止还没一本小说在这方面能出其右。

再后来有机会到省城去念书，学校里有图书馆，我可算是如鱼得水，可以尽情遨游了。也就那期间，我看了当时最流行的作家路遥的《人生》、《平凡的世界》，柯云路的《新星》、《夜与昼》，张贤亮的《绿化树》、《男人的一半是女人》，还有贾平凹、陈忠实、霍达等都是名动一时的大家。同时我也第一次接触到了海明威、雷马克、乔伊斯、普鲁斯特、西德尼谢尔顿……

步入社会后我还是爱看小说，这一时期我喜欢的作家有张承志、刘震云、池莉、莫言、阿来、古龙等。

随着信息化时代的到来，书店我去得也越来越稀。我也越来越爱摆弄电脑了。现在没事的时候就爱在网上看些小说，再就是在自己的博客里写点东西。

我想我这个爱好会一直持续下去，我也乐此不疲。

总之，读书、读好书，品味经典与流行，我获益匪浅。

（写于 2010 年）

# 足球人生
## ——像英雄一样离开

### 一、与足球结缘，迷上红黑军团

我在武昌读书的时候，是上个世纪八十年代末、九十年代初。那个时候中央电视台刚刚开始转播意大利足球俱乐部甲级联赛（意甲），因为当时意甲的 AC 米兰、国际米兰、尤文图斯、那不勒斯、桑普多利亚等球队云集了众多世界上的水平最高的球星。而与此同时，欧洲三大杯赛（冠军杯、联盟杯、优胜者杯）在各国联赛的间隙也开展得如火如荼。而到了年终更要上演一出精彩的好戏，那就是每年十二月的第二个星期天，一年一度的"丰田杯"要在日本东京开赛。丰田杯是获得当年欧洲"冠军杯"（由欧洲各国联赛冠军球队参加的比赛，现在扩大规模后叫"欧冠联赛"）冠军的球队和南美洲"解放者杯"冠军球队二者之间的巅峰对决。因此，胜利者就是当之无愧的世界俱乐部之王，享有崇高的荣誉。

当时，在各个级别的比赛中，意大利 AC 米兰队都是一枝独秀、所向披靡。它连续夺得意甲联赛冠军、欧洲冠军杯冠军、丰田杯冠军。而 AC 米兰队阵中的绝对主力"荷兰三剑客"——古力特、范巴斯滕、里杰卡尔德，更是以其十足的个性、潇洒不羁的外形、精湛过人的球技风靡全世界。身披红黑箭条衫的他们不仅成了我个人，更是我们那一代人的偶像。

从此，我开始看球、踢球，买球星画册、巨幅挂历，订《足球世界》杂志，买《足球报》。我对世界上各大球队、球星、教练、各种技艺战术打法可以说了如指掌，如数家珍，成了一个铁杆球迷，与足球结下了不解之缘。

## 二、悲情荷兰

前文一直说俱乐部，现在要说国家队。

因为喜欢 AC 米兰队，喜欢"荷兰三剑客"，我自然而然地就特别关注荷兰国家足球队。然而"三剑客"在俱乐部的成功并不能复制到国家队。在 1990 年意大利之夏世界杯上，以如日中天的"三剑客"为三条线的核心组成的荷兰队，在 1/8 决赛就败在由"德国三驾马车"马特乌斯、布雷默、克林斯曼带领的德国队脚下，连前 8 名都未能打进就打道回府了。在那场比赛中，气急败坏的里杰卡尔德还冲着德国的沃勒尔脸上啐了口水，哪里还有半点"黑天鹅"的优雅风度，荷兰人既输了球又输了人。

在伤心遗憾的同时，我们翻开荷兰征战世界杯的历史，同样写满了"悲情"两个大字。在 1974 年、1978 年两届世界杯中，以全攻全守打法威震世界足坛的荷兰都打进了最后的决赛，但结果都遗憾地输给了东道国西德和阿根廷，得到了两个亚军。这也是"黄色郁金香"在世界杯的最好名次。

你别说也邪门了，大凡在足球生涯的巅峰期转会到 AC 米兰的球星，一回到国家队就注定了失败的命运。

帕潘，法国前国脚，法国足球史上仅次于普拉蒂尼的足球巨星，1991 年"欧洲足球先生"、"世界足球先生"得主。1992 年自法国马赛转会到强手如云的 AC 米兰，这也成了他盛极而衰的转折点。在俱乐部取得骄人成绩的同时，他出场的机会却越来越少。作为传统足球强国的法国队更是止步于 1990、1994 年两届世界杯外围赛，连决赛圈都无法进入。当年华老去的帕潘挂靴退役之际，在法国本土举办的 1998 世界杯上，法国以主场的优势凭借齐达内在决赛中的神勇发挥一举战胜巴西，夺得了冠军。我们只能说帕潘是生不逢时的英雄。

巴乔，意大利足球王子，1993 年"欧洲足球先生"、"世界足球先生"得主。在 1994 年世界杯上，他几乎是凭一己之力将意大利带进了决赛，只是在最后点球决胜负时射失了关键的最后一个点球，痛失"大力神杯"。世界杯结束后不久，1995 年巴乔从尤文图斯转会 AC 米兰。尽管他在 1998 年法国世界杯（这也是他参加的最后一届世界杯）上表现依然出色，意大利也只进到前 8 名。就在巴乔退役两年之后的 2006 年德国世界杯上，意大利却在队长卡纳瓦罗、皮耶罗的率领下登顶成功。在卡纳瓦罗双手将"大力神"高高擎起的那一刻，真不知巴乔作何感想？

还能举出一些例子，包括"外星人"大罗纳尔多。

AC 米兰，我最喜欢的 AC 米兰啊，你真是一个成就英雄豪杰的天堂，又是一个毁灭足球天才的炼狱。

话题扯远啦，还是回到荷兰国家队。时间来到 2010 年南非世界杯，距我们最近的一届世界杯。经过数轮厮杀苦战冲出重围的橙衣军团时隔 32 年又一次杀进了决赛。决赛前夜，几个朋友让我预测最后的比赛结果，我说荷兰很难取胜。果然不出所料，以范德法特、范佩西、罗本为核心的新一代荷兰人还是败在新科欧洲冠军西班牙人的脚下，再一次得到亚军。

三进决赛，三获亚军，难道这就是荷兰足球的宿命吗？再来几个四年一次的轮回吧！

### 三、像英雄一样离开

竞技体育，无论什么项目，只要是职业的，都是一个极其残酷的胜负世界。投入其中就是要获得胜利，胜利高于一切。真正能做到像围棋大师吴清源先生所说的超越胜负的"平常心"，像米卢所倡导的"快乐足球、享受足球"是很难的一件事情。那是一种极高的境界，是世界的大智慧。

同样，我们也生活在竞争激烈、优胜劣汰的社会大背景下。从小到大参加各种大大小小的考试，一轮一轮的求职面试被淘汰，一次次创业起步。如果没有强烈的进取心，没有不达目的誓不罢休的决心和狠劲同样是很难成功的。

想到了荷兰，1974 年的克鲁伊夫，三剑客，帕潘，巴乔……我们不禁慨叹命运无常、英雄气短，正如冯唐易老、李广难封，一代词人辛弃疾写下的"唤取红巾翠袖，揾英雄泪"的悲壮。但你能说他们失败了吗？他们是每个球迷心中真正的英雄。我们无一不是怀着庄严崇敬，甚至神圣的心情先后送别他们离开了洒满汗水和泪水的绿茵场。

再想想人生，我们每个人都是长行的旅客，走向同一个归宿。因此从这个角度讲，这是每个人都挣脱不了的悲剧宿命。然，人生能有几回搏，只要我们去拼搏争取了，付出了自己最大的努力就好。最后的结局其实是可以选择的：是像个失败者一样黯然收场，还是像英雄一样昂首离开？但愿在我们人生舞台的大幕徐徐落下时，我们也是朋友口中、妻儿眼中、自己心中的英雄。

黄健翔说得好，像男人一样去战斗；我还要补充一句，像英雄一样离开。

像英雄一样离开，这如梦似幻的绿茵场，这绚丽璀璨的人生大舞台。

（写于 2011 年 11 月 10 日）

# 最大的遗憾

> "树欲静而风不止，子欲养而亲不待。"
>
> ——题记

## 一、我和奶奶

我是由奶奶带大的。因此从某种程度上说，我对她的感情比父母还深。

在我的记忆中，关于奶奶琐碎的印象很多很杂——小脚、皱纹、因劳累而变形的手指关节……但有两件事留给我的印象最深。

可能是遗传了母亲的基因较多，我小时候体质不是很好：有时感冒，有时腿疼，偶尔还流鼻血。虽说这是小孩子生长发育过程中的一些常见现象，但可苦了大人，特别是奶奶。有一次好像是我五六岁的时候，我的小腿不争气地又疼了起来，难受得不行。奶奶急坏了，想尽了一切办法都无济于事，最后使出了最厉害的一招（据说是从远古传下来的）。她让我把整条腿平放在大门的门槛上，又叫来了我家威风凛凛的大黑狗"黑子"，让它来来回回从我的腿上跳来跳去，就像马戏团驯狗一样。我到现在一想起当时的场景都还觉得滑稽可笑。最后有没有效果我已经记不起来了，但奶奶那焦急、期待的眼神到如今我也忘不了。

上学后，我就离家在学校住读了。随着念书的学校离家越来越远，到后来参加工作，我回老家的次数也越来越少了。但只要有空，我总要回去看望奶奶。由于忙，我往往就吃一顿饭，顶多住一天就又要走了。每当我从老家门口高高的堰埂上走下一段长长的下坡路，越过小溪到对面的通车公路时，只要我回头总是能看到奶奶一直站在堰埂上眺望着我，不肯回去。奶奶那远远眺望我的身影啊，我一辈子也忘不掉！

## 二、铸成大错

2001年秋，H省。我接到父亲的电话说奶奶病了好长一段时间了。为了不影响我的工作，他故意说得轻描淡写。老年人上了岁数，生病也正常，治疗就行，我这样想，加上工作太忙我也就没特别在意。

2002年元旦，难得的假期，恰逢一位朋友举行婚礼，要我当伴郎而推脱不了，我又未能赶回家看望奶奶她老人家。

2002年春节前夕，G市。我接到父亲电话说奶奶已经去世，从父母口中得知奶奶去世前最想见到的人就是我。

由于自己的疏忽，加上那段时间我的经济状况也不太好，未能将奶奶送到大医院做系统治疗，以致铸成大错。她当时的病情主要就是心衰，完全能治疗好的。未能在奶奶临终前见到她老人家最后一面，也成了我终生最大的遗憾！

### 三、些许的安慰

奶奶走了，她是我出生后我们家失去的唯一一位亲人，也是最疼我的一位亲人。奶奶的离开，使我第一次尝到了生离死别的滋味。从外地回来后，我在奶奶的坟前大哭一场，为此消沉了好久。

正因为跟奶奶亲，她活着的时候，只要我回家每次都要给她买礼物的。有哈慈杯、鸿茅药酒、人参酒、芒果汁、护手霜、电热毯等等。也就是这些不值钱的小东西，稍许给我愧疚的心灵以安慰。

奶奶去世整整十年了，这期间我做过许许多多的梦，梦见过好多的人；但说来也奇怪，我竟然一次也没梦见她老人家。想来她在天国那边也没责怪我吧？

（写在奶奶去世十周年，2012年1月6日）

# 一张迟来了十年的全家福（2001—2011）

说起来我家的照片还真不少，影集也有厚厚的几本。可好长时间以来，就是没有一张像样的全家福合影。

奶奶还在世的时候，我和老爸老妈也想过要照张全家福，可因为各种原因一直没找到合适的机会，直到奶奶去世也没照成。

2001 年夏，老爸老妈和我，一起相聚在长江汉水交汇处的武昌黄鹤楼。看到好多游客都在拍照，老妈提议要照全家福。一说起这事，在外面打拼了好多年仍未能稳定下来的我心里很不是滋味。那一刻我一下子想到了好多人和事。于是我推说自己还未成家，没心情照，还是等有了女主角再照全家福吧。

机会就这样错过了。

没想到一晃十年就这样过去了。这十年,无论社会、人群还是自身都发生了巨大的变化。中国社会继续朝着创富、炫富、仇富的路子走下去;城市的高楼还在向上疯长、向四周蔓延,而个人空间一再被压缩。朋友们轮番上演着发达、衰败,结婚、离婚的真实故事。在我居住的社区,熟悉的老人、中年人,甚至刚刚三十出头的人都故去了很多。倒是自己周围几个小孩子的出生,特别是女儿的出生,带给了我快乐和希望。

而我自己,在这十年,也由一个风华正茂的热血青年步入了人生的中年,时间就这么似水流走悄然无声。盘点我这十年,走过了那么多的地方,经历过这么多风风雨雨、人和事后才发现:这十年我最大的收获不是物质上的东西,而是内心的成长、融通。最重要的是我终于知道了什么是自己真正想要的东西,什么是值得自己付出一生精力去做的事情。

2010 年,我在襄樊沃尔玛买了数码相机,照相比以前更方便了。今年夏天,老爸老妈又说了:“儿子,咱们照张全家福吧!”于是,老爸老妈、我和媳妇,还有宝贝女儿,一家五口在小区花园照了咱家的第一张全家福。就让时间定格在 2011 年 8 月 10 号这一天吧,这张迟来了十年的全家福一定会给我们全家带来幸福!

农历新年就要来了,在这里我也祝所有的好朋友们都家庭幸福、美满!前面的路越走越宽广!每天都是好日子!

(写于 2011 年 12 月 29 日,改于 2012 年 1 月 16 日)

# 小镇除夕夜

除夕夜，家乡小镇。我不想上网，也不想看春晚，加之第二天要早起，还不到晚上10点钟我就上床休息了。

当阵阵震耳欲聋的迎接新年的鞭炮声把我吵醒时，还有点迷糊的我看看表，时间是23：45，马上就要跨入龙年了。

这时候，四周已分不出远近，完全是鞭炮烟花的爆炸轰鸣声，大地仿佛都在颤动。还没等我反应过来，住在我家楼上、楼下人家的鞭炮也开始燃放了，紧接着是后面的一栋楼房。万字头的大鞭间杂着礼炮般的烟花轰响着，轮番轰炸，连成一片。我完全被这阵势震撼了，随之而来的竟然是恐惧。是的，就是恐惧！从来未有过的恐惧！此时我就像是一个利比亚平民，又回到了利比亚的战场。

我明白了，这鞭炮声代表着祈福。大家内心深处全在虔诚地祈福。祈祷来年风调雨顺、平安吉祥！

我也明白了，我内心更深层次的恐惧来源于那可怕的预言，它使得我们人类在自然界面前显得如此渺小和弱势；还有就是作为一个普通民众对战争的憎恨和诅咒，就如同我此刻面对着这四周的轰鸣而无能为力。

零点的钟声终于敲响了，世界安然无恙！象征吉祥、和平的龙年来到了人间！

00:25，鞭炮声才慢慢有所减弱，我渐渐地能听出哪里是集镇、哪是乡村了。随着周遭的喧嚣次第平息，宁静祥和的气氛越来越浓，我也在平安喜乐的状态中进入了梦乡。

事后据我保守的估计，光是我所在的集镇不算农村，这新旧交替的四五十分钟燃放的烟花、爆竹，价值人民币在100万元以上。看来咱老百姓确实在走向富裕，也舍得花钱了。

新年伊始，祝愿大家今后的日子如芝麻开花节节高！龙年大发！

在这里给大家拜年了！

（写于2012年1月26日）

# 人到不惑

追着赶着、拖着拽着，我总觉得有一双无形的手在操控着自己，不停地向前向前，就这样到了不惑之年。

看看周围的八零后已然功成名就，九零后俨然成人；再看看网络上层出不穷的新鲜词汇和事物，我们这一代人落伍了吗？我们难道已经被汹涌的时代潮流所抛弃了吗？

也曾年少轻狂、豪气冲天，然激情过后一切终于化为平淡。连心跳的节奏都不觉慢了下来，脚步变得轻柔、舒缓……

开始不再相信一些东西，只相信自己看到的真实，只相信自己的判断。学会了坚持和隐忍，并且是那样的深信不疑，逐渐成为一种习惯，成为一种信念。

越来越爱交流、倾诉、宣泄，想从别人那里得到认同，也试图认同别人。层层包裹的心扉渴望开启，渴望抚慰。渴望丢掉生命中沉重的负担，将内心长久酝酿的醇厚分享、奉献。

如果朋友们认真看我的网易博客，从第一篇《搬家》到《一张迟来了十年的全家福》，是一个完整的心路历程的记录。写完了这些文字，我确有一种如释重负之感。"泊之船"在短暂停留之后，又将继续我的心灵之航。

感谢网易！感谢所有的好朋友们！

（写于 2012 年 3 月 18 日）

# 我的 2012

明日霜降，秋季的最后一个节气，每天一早一晚已明显感觉到寒意。再过半个月就是立冬，2012 年的冬天又要开始了。

2012，龙年，从历史上看，龙年要么大乱，要么大治。无论是国家还是个人家庭，都如此。

2012，对中国来说是多事之秋。南海乱局，越南在《海洋法》中声明南沙为其领土；钓鱼岛被日本"国有化"。

2012，对我个人而言，我失去了一位重要的亲人——父亲。2012 年 3 月 2 日下午父亲突发心肌梗塞入院抢救，第二天早上脑出血中风昏迷转入 ICU，4 月 6 日上午 10：30 病逝于县医院。

父亲的病逝对于我个人和家庭来说意味着什么？再也没有一个人像他这样事无巨细为家庭琐事操心着急了，再也没有一个人像他这样在家庭重要问题上为你出谋划策、分忧解难了，再也没有一个人像他这样关心你的事业发展、身体变化了……他在的时候，你不会感觉到这一切，你会认为这些都是顺情顺理的，甚至会觉得他太啰唆、多余。

尽管，我认为在家庭个别问题上父亲的决策有欠妥之处；尽管，他对我个人事业的规划持不同意见，这并不影响其在我心中的慈祥细致节俭的好形象。爸爸，您操劳了一辈子，就别再牵挂我们了，您在那边好好安息长眠吧！

前几天，我终于在新华崇文买到了龙应台的《亲爱的安德烈》、《目送》两本书。尤其是《目送》一文已成为华文经典，她在文中这样写道："我慢慢地慢慢地了解到，所谓父女母子一场，只不过意味着，你和他的缘分就是今生今世不断地在目送他的背影渐行渐远。你站在小路的这一端，看着他逐渐消失在小路转弯的地方，而且，他用背影告诉你——不必追。"写尽了缠绵不舍和决然的虚无，写尽了幽微如烛光冷照山壁。正是有了这份经历，我读懂了她的深邃、忧伤、美丽。

在 2012 年即将走完，2013 年翘首将至之际，我虔诚地许下心愿：祝 2013 年我个人和家庭事遂所愿、平安吉祥！祝所有的亲人和朋友们一切安好！

安好便是晴天。

（写于 2012 年 10 月 22 日）

# 纠结的购买

我从青少年时代一直到参加工作就爱看小说，无论短、中、长篇还是古今中外的并不挑选，喜欢的都看。

随着年龄和内外事情的增多，我再也没有精力和心情花费时间去看一篇曲折虚构的东西。这和我个人作风的转变类似，少兜圈子而直抒胸臆的散文杂文作品更对我的胃口了。

而我关注的地域文化也集中在自己周边和中国少数民族地区。

自从十几年前在书市买了两本《台湾散文选萃》（上、下），我明白了文章可以写成那样，文字可以组合得如此惊艳且充满韵味。

从那以后我就对台湾的作者情有独钟。现在特别自傲的是，我集齐了余光中、林清玄、柏杨、席慕容、张晓风、龙应台的散文精选集。上"豆瓣"后，我对宝岛一些新锐作家也很感兴趣，只是在襄樊本地的书店买不到这类书，又不愿意网购，只得作罢。

这几年，看了《凤凰大视野》的《铁马冰河——东北解放战争全纪录》、《断刀——朝鲜战场大逆转》、《珍宝岛事件》等军事纪录片，我陆续买进好几部相关的军事题材书籍研读。去年我在新华崇文看到王树增的《解放战争》（上、下）、《朝鲜战争》两书，一部售价120大洋，一部售价90大洋。我当时没舍得买，回去后心里总痒痒的，几天后再去，发现竟然售罄，懊悔之余脑子里立马蹦出一句广告——"男人就要对自己狠一点，柒牌中华立领"。

新华书店这回又和我对着干上了。前几天去逛，我一眼就看到新上架了一套《将革命进行到底——解放军征战全纪录（1922—1955）》，标价RMB198。是一举拿下，或各个击破，或迂回观望……顿时脑子有点乱、心里又开始纠结了。

我苦苦学习、追求的大将风度呢？

（写于2013年3月2日）

# 从棋酒茶诗说开去

　　我年少时爱棋，一度曾以"宇宙流"武宫正树先生为偶像，欣赏他的豪爽奔放，气势如虹。自天才少年李昌镐横空出世，"石佛"以其平淡、缜密、后发之棋风统治棋坛20年。今又喜闻：在 2013 年 3 月刚刚结束的"应氏杯"上，17 岁的中国小将范廷钰勇夺冠军。小范各方面和李昌镐都有些相似，成为 95 后世界第一人。

　　其实，茶、酒、诗等我所好的这几口和棋一样，大凡精品，至醇至淡。

　　人生况味，想来亦如此，由浓到淡直至虚无。

　　不禁想到张贤亮《青春期》里的话：现

在我才知道人的一生多么无奈。记忆中所有的人物都渐渐成了符号或代码，这就是人活到老的悲哀之处。所有具体的东西甚至亲密的人都会无影无踪，最后连自己也消失了，也成了别人印象中的符号或代码。生活强迫人要倾向于佛学所说的"空"。

是，人一辈子就是不断地放下。我们能拥有和遗留的不过是精神力量、零碎的感觉、影像及文字……

提到文字。但凡文字皆思想的印记，文字记录的是思辨过程，多枯燥、痛苦、沉重。凡善文者无不勤思敏行。文字之于我，既是最深切的痛苦也是最大的欢愉，既昭昭亦隐秘，今后我将尽最大努力不再去碰触它。人生不如意十之八九，纠结沉重的东西还是愈少愈好，这样既不给自己也不给别人增加负担。

我们最好都把过往逐一淡忘、清空垃圾、一切归零，再轻装上阵、轻盈转身吧！

更换了自己网易博客的网名和头像，想到了这些，也缘于此。

泊，停靠安放、淡泊、一泓静湖而已。

（写于 2013 年 3 月 10 日）

# 心若在，梦未老

> 尽管过去了这么多年，我依然保存着最初的纯和真，以及对梦想的热情。
>
> ——题记

春去秋来，年复一年，浑然不觉中光阴已在我的生命之树上刻下第四十一道年轮。望着镜中自己头上冒出的白发，虽不敢自称"多情"，倒也真应了我很喜欢的那句诗——"十载江湖生白发，华年似水不堪论"。在日复一日波澜不惊、平淡如水的生活里，我的情感世界是否一如容颜正日渐苍老，一片荒芜。

前几天，我一个人看了玛丽昂·歌迪亚

主演的电影《玫瑰人生》（2007），很有感触。玛丽昂·歌迪亚扮演的艾迪特·琵雅芙贯穿了一个女人几十年风风雨雨的人生。影片中女主角大部分时间并不光鲜美丽，反而有许多的沉重、苦难以及老态龙钟、步履蹒跚。但有一点最打动我（我相信也打动了亿万观众和奥斯卡的评委），那就是艾迪特·琵雅芙的眼神自始至终清澈、睿智、热情，略带一丝天真、好奇和狡黠。那是一双什么样的眼睛？拥有那样眼神的到底是一个什么样的人？这眼神有如芒刺在背，让我再也坐不住了，我不禁想到了自己这四十一载的人生，遂提笔写下了这篇东西。

## 一、童年，家，故乡

上世纪 70 年代初，我出生在湖北襄阳一个偏远的小山村。爹妈都是农民，奶奶健在，爷爷早在我出生前的三年自然灾害时期（1959—1961 年）就去世了，他是外出逃饥荒饿死的。我是家中长子，也是家里的第一个孩子，因此全家人都很宠我，按奶奶的话讲，我是吃着"蹦蹦饭"（蛋炒饭）长大的。在我 3 岁那年，二弟出生了。到我五岁时，三弟又出生了。

我爹有一个姐姐（奶奶就一个儿子，一个女儿），也就是我姑妈，她大我爹九岁，在农村务农，结婚十几年一直未能生育。姑父是一名教师，长年在外，和姑妈的感情不太好。我二弟出生那年，姑妈已经 34 岁了，仍然没有自己的孩子，向别人也要不到小孩，她的家庭已到了崩溃的边沿。就这样，在姑妈和奶奶的一再苦求之下，为了挽救姐姐的婚姻，我爹后来终于狠下心同意将未满五岁的我过继给姑父、姑妈当儿子。

姑妈家虽然也在农村，但离集镇更近，交通也要方便很多。但生我养我的小山村更让人向往、留恋。那儿山更多、更高，树林茂密，山里有数不尽的各种野花、野果、野鸟；更有许多的河塘、水坝盛产各种鱼类；果园、茶场中间点缀着梯田一样的层层叠叠的水田、旱地，农人们吆喝着耕牛在田间穿梭，小狗们跟着小孩儿在田埂上蹦蹦跳跳撒着欢儿。一切就像梦中的天堂一样无比美丽。别了，生我养我的家乡，我心中最美的乐园，这魂牵梦萦的地方！

随着我在新家的一天天长大，养父母的婚姻家庭总算保住了，但那年代盛行的这种"半边户"式家庭结构以及文化差异并未能让他们的感情更进一步。于是乎，我的童年又在他们的争吵声伴着对奶奶和弟妹的思念里，还有和新伙伴们愉快玩耍中重新开始了。至今我还记得，小时候每年我最开心快乐的时候就是奶奶带着二弟、三弟、小妹到我的新家来玩，还有就是每当我学校放假后我爹接我回他家去玩的那几天。但这种开心的日子一般持续不了多久，往往没待上几天，姑妈就会担心我和弟妹玩熟后不再回新家了，于是她非常紧张地又匆忙把我接走了。

幸运的是，年幼的我聪明乖巧，很讨养父母的欢心，并且自上学读书起，我的学习成绩一直很棒。从小学到重点初中一直考到省城读中专，越走越远。在我中专快毕业时，姑妈也终于苦尽甘来，脱离了农村，搬到学校和姑父一起生活了。而我也逐渐成了两个家庭的骄傲。由于长期不在他们身边，他们一提到我总少不了称赞和挂念。慢慢地我自己也成熟到以足够的智慧去平衡这两个家庭的关系，而且阅历越丰富，我越理解爹妈的不易，我不但没在内心里埋怨、记恨他们当初的无情，反而更能体会到亲情的弥足珍贵，生存的艰辛和命运弄人。所有这些都激励我要更好地为人做事，不辜负亲人们的养育和期望。不论我走多远，天涯海角、千里万里，我始终觉得他们就在身边，未曾离我半步。

## 二、我生命中的几个人

生父，我不知该怎么准确描述他。一个吃苦耐劳、传统保守的农民，一个健壮血性不服输的男人。他当年为了挽救另一个家庭，把我过继给姑父、姑妈当儿子，也彻底改变了我的人生轨迹。

养父，他是对我一生影响最大的一个人。我们从彼此陌生到熟悉并最终理解、接受，经历了很漫长的一个过程。姑父高小（六年级）毕业即考入师范，从大山里的一名小学教师到出任镇中心小学书记、校长，最后在村学区当总支书记一直到退休，几十年来一直奔忙在教育战线上。姑妈既没文化也没什么见识，因此我的成长道路可以说是完全由姑父决定的。他为人豪爽好客，办事周全细致，清廉节俭，而这些品格也深深影响了我一生。

S，她是我正式交往的第一个女朋友。我和她相识是在1996

年的深秋时节，当时我在单位已经工作满五年，而且恰逢我的本命之年。我和S正式交往的那两年时间，正好伴随着工作单位的不景气和自己下海谋出路的开始。我先是从国营单位办停薪留职到台资企业，然后再到一家上市公司打工。工作地点先是本乡本土，然后到省内各市县，再被派到省外开拓市场、推广产品。慢慢地感情和事业都渐行渐远。因为残酷的现实和严峻的就业形势已经不允许我继续在国营单位混吃等死，只能"身在江湖，身不由己"，一切都没有回头路了。分手是我提出来的，我给不了她任何东西，哪怕是一句简单、郑重的承诺。分手的那段时间外面正流行着郑中基的歌曲《别爱我》——"别爱我，如果只是寂寞，如果不会很久，如果没有停泊的把握"。这歌词完全把我们这一代人的情感困局一语道尽。当许多年以后，自己能停下来，读席慕容的诗集《无怨的青春》，它的卷首卷尾语写道："请你原谅我啊，请你原谅我。亲爱的朋友，你给了我流浪的一生，我却只能给你一本薄薄的诗集。""……而我对你，自始就深信不疑。"虽然这段恋情过去了好久好久，在这一瞬间，记忆和情感的闸门轰然洞开，思绪一时如潮水般尽情翻涌，不能平息……

妻，一定会提到妻子。她在我最困难的时候走近我，并毅然决然将她的一生托付给我，时时以她的开朗热情感染着我，处处细心体贴关心着我。当我们的女儿出生后，她更是心甘情愿做一名全职家庭主妇，照顾我们的起居。

亲们，为了你们，我一定努力！

### 三、一再错失的梦想

我有一个文学梦。

很早的时候，我就知道自己会写东西。记得是小学三年级时，我的一篇记叙文在作文本上写满了整整好几页。在中专上基础课时，语文老师给我们布置了一篇作文，把毛主席《沁春园·长沙》改写成散文。我的作业上交后，严老师大加赞赏，并全文朗读给全班同学听。

然而，我的"文学梦"在生活中却一再搁浅，多次擦肩而过。

第一次机会是中考。我听从父亲安排不上高中，报考了省城的一所中专学校，结果竟然未获录取。当时我的成绩全校第一，全县第三，分数已够上当年襄樊四中、襄樊五中的分数线，最终却出现这样意想不到的局面。事后想想这里面多多少少总有暗箱操作和幕后黑手。最后我被一所从未听说过，一点也不了解的省中专录取，专业更是离谱。命运就这样和我开了一个大大的玩笑。

第二次是毕业分配。因为中专学的专业不好，就业时父亲为了给我找个好单位，不惜动用了所有的社会关系，自己也决定放弃学了4年的专业到商业系统去上班。理想与现实总是格格不入的。

再就是后来国营单位改制，不景气，下岗再就业。由于自己没了专业，只能四处推销商品，以市场营销为职业。"文学梦"再次被生存的残酷现实击得粉碎如一地玻璃碴。

然，对于文字和文学的钟爱犹如一粒种子，早已在我生命中深深播种、生根发芽。命运给我的这些磨难、挫折打击只不过是要更好地将我砥砺。我知道，再漫长的寒冬也终将迎来绿叶绽放的春日！

当生活一天天安定下来，有了空闲时间后，从 2010 年起，我开始在网上写博客，笔耕不辍。在自己的不懈努力下，我的多篇作品登上了"读者网"（博客）首页，不久前我写的小诗《端午小令》还被"散文吧"文学社区网站编辑推荐上了首页"新发表文章"栏。我的付出也算得到了一些肯定。

今后，我会朝着我的既定目标坚定地走下去。因为我坚信，只要有梦想，无论失败多少次，只要你一直保持关注、不放弃，最终必将成功。

"东方欲晓，莫道君行早。踏遍青山人未老，风景这边独好。"最后还是借用毛主席《清平乐·会昌》词句作为这篇文字的结束语吧。

是啊，青山在，人未老！痴心若在，梦想不老。愿我们大家都能始终拥有玛丽昂·歌迪亚扮演的艾迪特·琵雅芙那样清澈的眼神，永葆一颗纯真、向善的童心，披荆斩棘，奋勇前行，每个人都能寻找到心中最美的风景。

（写于 2013 年 7 月 16 日）

# 岁月如歌

## ——音乐那些事儿

光阴荏苒，1991 年我从学校毕业参加工作到现在已经二十三年了。说起来怪怪的，热爱文学的我本该是一文科男，却阴差阳错读的是理工科。本身五音不全、对音乐一窍不通，却痴痴地喜欢，还要将它大书特书。而且，时间越久，年龄越大，我对音乐的记忆反而越来越清晰起来……

——题记

### 一、乡路带我回家

记得第一次在收音机里听卡伦·卡朋特的《Yesterday Once More》，是上中学时。记得那是一个悠闲慵暖的夏日午后。当时只觉得好听，歌词没完全听懂，也不知是谁唱的，是什么风格的音乐。上世纪七十、八十年代的时候，收音机里还经常播放约翰·丹佛的《Country Road Take Me Home》。反复地放，大家反复地听。吉他伴着磁性的男声，充满异域风情，娓娓道来、简单朴实、纯净悠远。

知道乡村音乐、校园民谣，是上世纪八十年代末，九十年代初。那时，电台、电视台开始推出各类"歌曲排行榜"，是磁带、唱片热销的年代，那是中国音乐的黄金时代。内地、港台、欧美的音乐第一次密集登陆，对全民教育普及。

听得多了，还是觉得乡村民谣舒服。《外婆的澎湖湾》、《露天电影院》、《睡在我上铺的兄弟》、《The Sound of Silence》、《Scarborough Fair》、《When You Kiss Me》、《Forever and for Always》。

第一次接触仙妮亚·唐恩，是看一外国电视台播她的 MV，超爱！她的大多数歌、每一场演唱会都堪称经典。

近期的欧美乡村音乐歌手最成功的有 Taylor Swift，Carrie Underwood，Kelly Clarkson，都已经不是纯粹的乡村音乐歌手，她们的音乐融合了多种风格，有爆发力，也更加时尚了。

中国没有严格意义上的乡村音乐，只有山歌、民歌。部分校园民谣、摇滚民谣可以当乡村音乐听。从早期的《小芳》、《阿莲》到后来的《在他乡》、《风吹麦浪》、《八月照相馆》，都很成功。

## 二、阳春白雪，和者日众

写下这个题目，就注定这是一篇乱弹琴，因为自己并不是音乐专业出身，也没有音乐渊源。

在录音机里听到圣桑的大提琴曲《天鹅》是在 1990 年，班上的同学举办舞会。伴着大提琴低沉、优雅的音色，象征天鹅的主题音乐反复出现，一咏三叹。听者一下子就被旋律所营造的深沉、委婉、圣洁的境界吸引住，再也忘不了。心想这世上竟然还有如此美妙的乐音、天籁之音。

和古典音乐结缘也是缘于一套磁带——《古典吉他演奏曲精选集》。当时是收音机、录音机、随身听流行的岁月，业余的音乐爱好者最爱的乐器是木吉他。为了迎合潮流，市场上有许多的教授吉他弹奏的书和磁带销售。前面所说的就是里面最棒的一套。里面有《致爱丽丝》、《爱的罗曼史》、《雨的节奏》、《阿尔罕布拉宫的回忆》等等几十首古典吉他经典曲目，全部由古典吉他演奏名家演奏，绝对正宗、原汁原味。

西洋古典音乐在中国的流行，要归功于法国钢琴演奏家——理查德·克莱德曼。他的音乐在中国几乎家喻户晓。他的钢琴曲取材丰富，有很多改编自古典音乐——贝多芬、肖邦、拉威尔、德彪西，那是欧洲的骄傲，除了文学、戏剧之外的又一座高峰，让人可望而不可即、难以逾越！理查德·克莱德曼将冗长、艰深的交响乐简单化、浪漫化、个性化，从而得以普及。后来，他更是渐渐远离古典，将更多通俗的，包括中国民歌纳入其中，在商业和艺术上都获得了巨大的成功！

著名音乐指挥家郑小瑛女士在接受央视采访，回顾她这一生所做的工作时说，她之所以要和国外的爱乐乐团合作，并且要到维也纳等地演出，原因就是高雅音乐的受众一定得是真正懂音乐的人。谈到她的理想时，郑小瑛说：愿阳春白雪，和者日众。

### 三、勇士？懦夫？

要问什么音乐最爽、最过瘾，答案只有一个：摇滚乐。

那是一种毫无忌惮的放纵、一种颠覆毁灭的酣畅淋漓。

它是旗帜，它是投向现实的匕首和利器，它是一场彻底的叛乱和起义，就像陈胜吴广、荆轲刺秦、鉴湖女侠秋瑾的义举。

它让我想到了鲁迅、张承志，他们代表着最底层，不和对手签署任何协议。

它让我想到了西方现代派绘画的达达主义、野兽派、立体主义；想到了中国的狂草、泼墨大写意。

它让我想到了西班牙斗牛士、斗牛舞，那是最血性刺激的运动和舞蹈。

它让我想到了吴宇森导演的"暴力美学"，以及他的电影——《英雄本色》、《变脸》、《断箭》，还有我最喜欢的动作片《终极标靶》。

它让我想到了功夫巨星，想到了好莱坞刚拍的《敢死队》续集。那里面汇聚了阿诺德·施瓦辛格、史泰龙、尚格云顿、龙格尔等老牌武打明星。看到功夫还是那功夫，英雄还是那英雄，但毕竟岁月不饶人。英雄也会老去，天才最后归于平庸。

一觉醒来，我们发现所有的都只不过是一场梦。我们什么都不是。我们不是救世主，不是天才，更不是英雄，只是一个俗得不能再俗的平庸人。

## 四、吹尽黄沙始到金

歌手选秀，可能也不是中国的首创。但是，从中央电视台的"青歌赛"开始，到后来的"超级女声"、"我型我秀"、"中国好声音"、"我是歌手"、"中国好歌曲"等等，都掀起了一浪高过一浪的热潮。

随着这类比赛的同质化、泛滥成灾，又催生了"舞林大会"、"中国达人秀"、"出彩中国人"等选秀节目。在带给大家娱乐、享受的同时，这些节目既提高了媒体平台的收视率、关注度，也为有实力、怀揣梦想的人们提供了难得的机遇和表演舞台。这是歌手之幸，也是时代之幸。

除了一部分的比赛能让人继续关注第二季外，到后来有的质量就得不到保证了。

不知怎么，想到了自己穿的一双咖啡色"圣帝罗阑"皮鞋。买这双皮鞋花了100多元人民币，穿了两三年时间了，几乎天天穿，不论晴天下雨。现在就鞋面有点褪色，鞋底没有丝毫磨损，和刚买时一模一样，估计还能穿个一两年。"圣帝罗阑"也做过广告，但它不是"中国名牌"、"中国驰名商标"，个人认为它比好些名牌毫不逊色。

同样的道理，作为歌手，自己最火的歌曲不一定是他心目中最棒的作品。作家也是，卖得最好的书，可能并不是他最看重的那一本。

其实，我们没有必要过于迷恋那些耀眼的光环。当繁华散去，岁月洗净铅华，好的东西，最后一定是经得起时间考验的。所谓大浪淘沙，最后留下的就叫"金店"。

## 五、介绍襄阳籍歌手郭燕

写一点与音乐有关的文字的想法由来已久。因为，除了文学、绘画、电影之外，音乐包容了太多的东西，融入了每一个人的日常生活。

写了几篇后，就想到了湖北及襄阳本地的歌手。百度一下，湖北籍的有蔡琴、徐小凤、苏慧伦、胡杨林、范晓萱、朱桦、周传雄、熊天平、黄格选等等，襄阳有李行亮、郭燕。郭燕就是其中的佼佼者，人送外号"蓝色中音"、"黑胶小天后"。

特别要说的是，郭燕并非音乐专业出身。凭着对音乐的热爱，她自学，到酒吧驻唱，组建个人音乐工作室，几起几伏历经艰辛终获成功。现已发行数张（原创）唱片，并成功举办个人演唱会。

聆听郭燕，首先被她宁静从容、深沉大气、韵味十足的音乐风格迷住，那音色、唱法隐约有关牧村、蔡琴、徐小凤等前辈音乐家之风范。

聆听郭燕，如品陈年佳酿、淡淡清茶，回味悠长、一饮难忘。

聆听郭燕，就像和一个多年的老友对话，丝丝入扣、熨帖人心，不经意间感觉岁月流淌、斗转星移。

推荐几首自己喜欢的郭燕的作品：《雨巷》、《雁归来》、《致青春》、《佛说》、《遇，不见》、《刻骨的温柔》。

## 六、音乐背后的故事

从情感传达的直接高效、传播的速度范围来看，音乐要优于文学、电影等其他艺术样式。而中国（汉族）恰恰又是一个重文字、轻音乐，没有音乐传统的国家。

再看今天的城市乡村、大街小巷，哪里没有音乐的身影踪迹？哪个人的记忆里没有几段刻骨铭心的歌谣、几句张口即来的小曲？

对音乐的一次次盘点梳理，就是对时代和个人成长的回顾。

音乐之于我，是童年的《鼓浪屿之波》、《聪明的一休》，是中学校园广播天天响起的《雁南飞》、《牧羊曲》，是港台歌曲《一场游戏一场梦》、《星星点灯》背后的励志事迹。

在卡拉OK流行的90年代，五音不全的我也硬着头皮走进包厢、舞池，甚至广场吼叫了几把。唱得好坏不重要，重要的是豁得出去的勇气。

网络时代，音乐成了大数据。没有做不到，只有想不到。纷繁迷茫中更想找到音乐同道，所谓的伯牙子期。

想到了一支曲子，是中国的民族器乐曲。听到它的时间是自己和同班同学离开毕业实习的那家厂矿，即将告别读书生涯之际。那是春末的一个微凉的清晨，我们在厂子外面等车，实习结束后要返回省城的学校完成毕业设计。因为很早，平日里喧闹的厂区格外宁静冷清，这时厂区喇叭突然响起了一支笛子独奏曲。新的一天又要开始了。全班没有一个人说话，大家都在默默地听，默默地想着心事。

至今难忘的原因，是时至今日我竟然都不知道这支曲子的名字，所以抓不到它的数据。原来，失去的永远是最好的，因为那是时间，是永远也回不去的过去。

（写于 2014 年 3 月）

# 游吟 520

爱，早在少年的那个下午，当得知她搬家的消息后，第一次尝到了惆怅的滋味。爱，在夏日晚自习后，她和同伴一起笑着向他问询，悄悄隐匿。爱，消失在白衣飘飘的年代，在失去目标后走上不归路。爱，终于知道，是一直以来自己不肯饶恕自己。爱过了又怎样，结局一样是红颜枯骨；爱走了又如何，得到的不一定就幸福。爱，原来是自我救赎，是放下后的彻悟，是佛说的前世今生的虚无。

吾爱，经历了这么久的时间我才明白，人最终还是需要信仰的。爱是信仰，美是信仰，儒释道亦是信仰。若爱走了，情还在；情淡了，还有梦；当所有一切全部泯灭，还剩坚强！

关于这些，台湾作家林清玄在《无关风月》、《来自心海的消息》两篇文章里，从正反两方面讲得非常透彻。"他们（诵经者）的升华，乃是自人世里的小情小爱转化为世人的大同情和大博爱。""我想到人，人要从无情变为有情固然不易，要由有情修得无情或者不动情的境界，原也这般地难呀！""这世界犹如少女呼叫情郎的声音那样温柔甜蜜，来自心海的消息看这现成的一切，无不显得那样珍贵、纯净，而庄严！"

"醉过知酒浓，爱过知情重。"年轻时并不太喜欢看林清玄的作品，觉得有些假大空，说理的味道太浓。只有到了这个年纪，我再读他的文字，才真的懂了。

我什么都不要，只要心灵的自由、宁静，光明、平安喜乐。

（写于 2014 年 5 月 20 日）

# 船 记

　　船，在中国人的心目中，有着古典和浪漫的双重象征意义。

　　古代交通不便，陆路山重水隔，迢递万里，费时费力。而一艘船，无论百舸争流一马平川，还是纵一苇之所如任一叶轻舟远涉峡滩，皆逍遥自在，潇洒快意。可以毫不夸张地讲，一部中国文化史就是船和马的历史。

　　而船，总是和渡口、孤旅、迁徙相联系的。试想一下，在古老渡口的石级之上，在大大小小的川江行舟船头，在"潮平两岸阔，风正一帆悬"的晴好天气，凉风拂面、水声呢喃、鸥鹭飞旋，心情会豁然开朗。当夜空飘下<u>丝丝</u>细雨，循舷窗借岸边万家灯光、点点渔火，听市井喧杂之声，渔歌丝竹之韵，胸中顿时溢满温暖、静谧、悠远的浪漫情怀。

第一次搭乘汽轮，是从我们毕业实习的新洲阳逻镇溯流而上，到达终点武昌中华路码头。船是一艘中小型汽轮船，船舱一半有棚一半露天，载着几十位同学和几十名散客，他们或坐或立自由分散在甲板上。我的心情是新奇和兴奋的。旅途很短，还没来得及仔细欣赏沿江的风景，万里长江第一桥的雄姿已跃出水面，四周远近高低的汽笛声起伏交织，熟悉的城市渡口赫然出现。于是，停靠、抛锚，船岸两边同时缓缓伸出对接的铁板，人车依次经铁板桥由船上岸。接着，一拨又一拨的红男绿女、皓首童颜由坡顶步下石阶，从江岸走上渡船。和我们一样，一段新的航程又要开始了。

在城市的大江大河边，渡口和码头就像车站一样普遍多见。而坐轮渡过江和乘轮船长途旅行的心情就大不一样了，这就好比快餐之于大餐，西点之于传统小吃。那种既大又慢、载人载车的汽渡就不提了，最刺激的当属过江快艇。这种小艇最多搭乘4~5人，速度不亚于陆地上风驰电掣的顶级轿车。小艇一旦加足马力，船头略微翘起，人在船上起伏摇摆，欲飞欲坠，船身两侧飞起的水花溅了一脸一身，心都提到了嗓子眼，直到对岸才戛然而止长出一口气，那种感官的体验和游乐场的过山车有得一拼。

说过了江河，最后再说湖泊。其中一个名曰"金银湖"，光听名字就有几分诗意。它的旁边是一个风景秀丽的高尔夫球场，唯一美中不足的就是景观乃人工而非天然，但在城市里有这样一个去处已属不易了。人在城里待久了，对山水树木的想念就日益焦渴急迫。终于在一个微风清扬的下午，我和友人约好到湖边垂钓。让人意外的是湖边竟然有小船出租，虽然只是一条最简易不过的铁皮船。朋友买来啤酒、烧烤，驾船划向湖心，边钓边饮渐入佳境。加之周围再无他人打扰，仅一舟一湖一世界，城市在心中慢慢也如夕照中的山岚渐次隐去。

另一个湖，准确地说是家乡冷集的一个群山环抱中的小型水库。时间是上世纪，我即将从学校毕业踏入社会之际，人物有我、大李、王伍三位发小兼同学。难得的闲暇聚在一起，大家商定迎着晨光驾船到湖中玩耍嬉戏。这次的船是农村和江南水乡最常见的小木船，配两支木桨，李清照所说的"蚱蜢舟"可能就这模样吧。夏日的清晨异常宁静，湖面水汽氤氲，小桨划水的声音一直传到很远的地方。再环顾四周，群山一派苍翠，触目尽是浅浅、深深的黛绿，古诗"欸乃一声山水绿"的境界经千载轮回，此刻在家乡山水间、伍子胥故里复活了。这以后我们三人分别在三个不同的城市找到了工作，联系也越来越少；再后来各自的工作事业都发生了很大的变化，但彼此的情形通过本人和各自的父母那儿，直接间接地都知晓得八九不离十。

中国老话说"十年修得同船渡"。不信你仔细想，你坐过的那些船，乘过的那些车，去过的那些地方，邂逅的那些人，为什么是他（她）们而不是别人呢？至于谈到父母的养育深恩、情定三生的亲密爱人，那本身就是造化的奇迹。不管身在何方，顺境逆境，朋友啊，你一定要善待眼前之人，好好珍惜身边难得的缘和情呀！

（写于 2014 年 5 月 30 日）

# 船的意象

从 2011 年在网易写博客开始，我初步找到了一个抒写的意象——船。

从开宗明义的第一篇《泊之船》到 2014 年的《船记》，我心目中的"船"逐步清晰、生动起来。余光中先生在《莲恋莲》中曾明确指出，一个诗人一生中也就是抓住了几个中心意象而已。能发现一个新的意象就是一个巨大的收获，灵感借文字找到了出口。

船，是古时的重要交通工具，因此传承到现代仍发挥着极大的作用。船，在中国人的心目中兼具古典和浪漫双重象征意义。它是古今结合体，动态静态结合体，行使着实用、娱乐、寄情三效合一的功能。

船，总是和渡口、孤旅、贬谪、迁徙等字眼相关联的，联结着古今，是传统文化与现代文化最完美、有效的载体之一。当你独自一人伫立在古渡口、驿站的石级之上，或困守在行舟百无聊赖之际，面对一条苍茫大江，体悟岁月沧桑，逝者如斯，不禁悲从中来，怆然而涕下。舟行水上，无论在渺若毛细血管叫不上名字的小溪，在南河北河，在汉水长江，皆如人周身的血脉归于赤子之心。岁月之舟不也如此吗？流过大禹亲手开挖的水道，流过十万人修建的大运河，流过岘山、钟山，流过襄阳城、江城、石头城，最后汇入历史的无边沧海。江还是那条江，而船早已不再是千年之前的那条船，唯心中的感念千古不变。

江畔舟如月，而一弯泊之船，是停靠也是待航。它看似没有目标，其实永远是有目的地的，离岸、靠岸、续航、再次停泊……就像四季因循，无穷轮回，处于宇宙万象的永恒转化之中。这种动静相依，转换变化和中国哲学不谋而合，一脉相承。不妨想象一下"杨柳岸晓风残月"的冷清；"春潮带雨晚来急，野渡无人舟自横"的寂寥；"醉后不知天在水，满船清梦压星河"（春草湖），"东船西舫悄无言，唯见江心秋月白"（九江），"扣舷而歌，不知今夕何夕"（洞庭湖）的种种物我两忘的投入。所有这些，无不是依于一水，依于一舟。光是想象那种动静有序、起伏摇曳的韵致就是一种莫大的美的享受。若再将场景移至涉江采莲、龙舟竞渡、画舫勾连，那情势就只能用"天上人间"四个字来形容了。

最后再说船和人的关系。船是客，人是主，反过来也成立；而人在舟上本身就是古典、浪漫、诗化的。水上行旅，降了孤寂，肯定还有对上一程的思念、怀想、依依不舍，对下一站的遥想、期盼、雀跃之状。偿有一二好友相伴，或是邂逅另一友善、投缘的陌生旅伴，丢下陆上红尘的纷扰羁绊，不管什么话题都会有新的感悟。心与心的交流靠近，亦如船靠岸。

说到心的交流，情感的升华，船就不只是物质化的概念，更是精神信念、宗教、哲学的一个化身。船是渡人的，也是度人的，它到达的是自由光明、平安喜乐的理想彼岸。从民间传说里我们就更能通俗明白地解读出这些内容。像流传最广的《宝船的故事》，它就宣扬了乐善助人、勤劳智慧的中华传统美德，宝船在其中既是危难里救人于水火的工具，又是神仙爷爷送给王小二最好的宝贝。而汉口东西湖民间传说《金船》就发生在我们湖北。吴老汉为了方便摆渡，挖掘当年大禹埋藏的一条金船费尽了周折。故事里的金船、金舵、吴老汉，在现实里有"吴家山"、"舵落口"等地名相佐证，让人信服。再扯远一点，《圣经》中关于洪水灭世，诺亚方舟的记载，主角也是一条大船。

由此看来，船的意象，船所承载的一切，东西方有异曲同工之妙。

船的种种，文字能说完道尽吗？

（写于 2014 年 6 月 1 日）

# 船之辨

船，在文学作品中通常是以潇洒、浪漫、功德等等美好形象出现的。

翻阅中国历代诗词歌赋，戏曲杂文，小说小品，里面关于船的描述可以说比比皆是，应有尽有。这里不再赘述。

一直到现当代，船依然发挥着巨大的作用，并且在各个领域充当着更多的角色。

在一些陆路运力不足、交通不便的地方，船的地位无可替代。而在贫困、边远地区，因为没有修桥资金，许多摆渡人默默奉献几十年，有的甚至人老几代无偿为群众撑船过渡，为百姓服务替政府分忧。央视"感动中国"节目中就有这样的道德模范。远的不说，就在我们身边，"感动襄阳十大人物"，已故教师黄敦全就是一个榜样。黄老师生前长期坚守在谷城南河山区任教，在粉水河畔义务为学生划船摆渡几十年，直到 2010 年积劳成疾患肝癌辞别人世。这种践行一生的务实态度和崇高的精神境界，丝毫不逊于任何风光无限的工商界、政界大腕。

而随着全球商业化，中国改革开放的逐步深入，船也悄悄地开始扮演起一些不光彩的角色。

例如在商品进出口领域，为了造假和逃避关税，走私船的数量跟着贸易额向上猛蹿。不说汽车、珠宝、手表等高档奢侈品，连我们在超市、小店常见的烟酒、服饰，说不定就是由哪条走私船运进来，或者干脆泊在近海就躲在它上面生产加工出来的。不光商品，人也有偷渡群体。为了异国彼岸五光十色、流光溢彩的幸福生活，几十上百的人挤在阴暗狭小的船舱甲板下面，有的人半途就因条件恶劣身体吃不消而丧失了性命。那些天堂般美好的憧憬，只能永远遗存在他（她）的梦境之中了。

如上所述，船仍然主要起运输作用。随着近现代造船、航海技术日益成熟发达，船的排水量、续航能力也突飞猛进。而这些进步推动了领地开拓、探险、通商、文化交流的快速发展。但人类的自私和野心是与生俱来的，资本的积累、殖民侵略、武力征服是血淋淋的残忍和丑陋。自有历史记录起，人类发动过多少场战争已不可胜数，据说平均每天都有一场规模不小的战争在世界各地上演。也不知具体从哪一天起，船也加入其中，充当起战争的工具，称为"战船"，像《三国》中著名的草船借箭、赤壁之战的战场就在长江的江面上。西方工业革命后，船、舰、艇配备各种动力，装备各式杀人武器，充当战争机器、人类杀手。从1840年鸦片战争到中日甲午战争，泛洋而来的东西列强，凭借坚船利炮，一步步轰开了近代中国的门户。直到21世纪的今天，面对一个全面崛起的中国，那些一贯张牙舞爪的洋毛子们，仍然妄图依靠武力、外交等手段扼制、欺负这样一个曾饱受屈辱、千疮百孔的泱泱大国。

和人一样，一旦撕下浪漫、美丽的面纱，船的面目同样狰狞无比。更可怕的是，当下超级大国的博弈不再局限于我们生存的蓝色星球，更延伸到以光年计量距离的遥远太空，而他们所使用的工具也叫飞船，或者叫太空武器、探测器。

其实，如果我们冷静下来想一想，不独是船，其他的一切东西，在我们的思辨中，都具有浪漫和理性的两面。比方说时间空间、山水建筑、花鸟器物，大到日月星辰，小到一纸一米、一虫一烛。就拿今天的运动器械剑器举例：当年杜甫看到公孙大娘的弟子舞剑，气势逼人，低回不已，遂写下了著名的诗篇《观公孙大娘弟子舞剑器行并序》，我们透过文字仿佛身临其境，美不胜收。而辛幼安"醉里挑灯看剑，梦回吹角连营"，更多透露出的是一种侠骨柔情。但在现实中，剑除了运动健身外，它更主要是御敌杀人的武器。连武侠小说里只要一提到剑客，就说他过的是刀尖上舔血的日子。

再观望我们自身，每一个个体，我们也是置身在历史的长河，时空变幻之中。我们该怎样看待客观存在，怎样观照自身，如何应付自己和他人的健康疾病、生老病死、悲欢离合等等诸多状态，这就不单是文学所能解答的问题了。我们通过对"船"这一既具体又抽象的事物由古到今，由简到繁的演变，浪漫残酷两面的反复体味，感性理性的观察思辨，为我们正确看待其他事物，冷静思考自身，思索人生提供了一种思路。我们常说一花一世界，一心一境界，所有这些，只能靠我们的一双慧眼、虔诚心灵，多多体察开悟吧。

（写于 2014 年 6 月 8 日）

# 船　恋

　　我对船的喜爱，和船结缘，始于童年少年，缘于对大海的热爱和向往。

　　我们这一代人幼年时生活艰苦单调，几乎没什么娱乐。能找到一本连环画册，能看上一场露天电影，都会津津乐道高兴上好几天。那个年代，上面对外宣传的方式主要是广播喇叭、收音机、墙报。当时最流行的歌曲有《军港之夜》、《大海啊故乡》、《鼓浪屿之波》、《乌苏里船歌》等等。墙上海报的图像除了工农兵大团结、钢花灿烂麦浪滚滚，就是英姿飒爽的女民兵、身着海魂衫紧握钢枪站在军舰甲板上的男海军。所有这些耳濡目染，无不激起一个内陆少年对那遥远神秘、浩瀚无边的大海，以及轮船、海上生活无尽的向往。

到现在我仍记得，上小学时我最喜欢的衣服是一件蓝白细横条相间的海魂衫，我小学升初中考试的作文写的就是一个关于航模的故事。

亲眼见到大海、海港、巨轮是十几年以后的事情了。那是上世纪九十年代末，公司派我出差到一个位于中国南方的海滨城市。它的城南就是一个港口，当地政府正规划修建一座海湾大桥连接港口南北两岸。海港由于临近市中心，海水和城市一样混浊不堪，水质像中国北方的黄河，也像夏季丰水期的长江，满是泥沙和生活垃圾。港湾里的船倒真不少，有大有小，或泊或行，高高矮矮的桅杆错落有致，到处是攒动的人头、忙碌的身影。那场景和我小时候在版画、油画作品里见过的海港一个模样，头脑里的想象和眼前的真实立马重叠在一起相互印证。而当巨大橙黄的夕阳渐渐西沉时，整个海港幻化为莫奈的一幅印象画。

彻头彻尾地爱上船，爱上一条江，是 1998 年我第一次见到浙南的瓯江。它发源于丽水市以及更远的山区，一直流到温州入东海。瓯江的水任何时候都有一种琉璃质感的绿，沿岸的青山云雾缭绕倒影在水中，不管晴雨，江上都会有渔船张网捕鱼。是中国最传统的木船，有舵、有桨、有篙、有蓬、有帆，远远近近，影影绰绰，有如仙境，如梦似幻。虽然我的家乡是有名的千湖之省，我打小就生长在汉水之畔，对江和船并不陌生；

但远在老家千里之外的那条江和江面上的船，硬是在我的心中安营扎寨，从此流淌在我的血液里，我的骨髓里。那种美，有声有色，美得不真实，美得不讲道理。

最后要说的船，是中山公园里的一条用脚踩踏前进的双人小游船。船体是用铁做的，外面涂上了鲜艳的色彩和夸张的图案，纯粹是公园老板赚钱的一个工具。乍看起来只觉得它的样子有些庸俗，滑稽可乐。之所以要提到它，是因为一个女孩。她曾经在一个云淡风轻的下午，陪我一起缓缓蹬踏着这条小船，在公园人工湖里消遣打发着无聊的时间。有人幽默地把广东话"拍拖"（大船拖小船，形容相恋的人如胶似漆），说是英语 park talk 的音译；意思是两个相恋的人在公园一隅窃窃私语、互诉衷肠。而我们两个人的交谈内容没有涉及情爱，双方都小心翼翼地尽量避开这些字眼，没有主题不着边际。当时，我和她的工作事业也和那条船一样，始终围着湖心儿打转，找不到停靠安放的合适时机和地点。感情或者说纯洁美好的情感，本身就是稀缺之物，是奢侈品，得之不易更要倍加珍惜。

古人常说，仁者乐山，智者乐水。船，停靠在我心海的内外，伴着记忆中的江河湖海，永远给人无尽的灵感和力量。每当遭到挫折打击、情绪低落之时，只要一想到大海的包罗万象、起伏动荡、风云变幻、深邃无边，我的心情自然会宁静开阔，温婉深沉。人也就慢慢恢复元气，重整旗鼓。而我少年时最喜欢的一首诗："逆水行舟用力撑，一篙松劲退千寻。未觉池塘春草梦，阶前梧叶已秋声。"是说韶华易逝，人生就像逆水行舟，丝毫不可懈怠。再畅想扬起风帆，启程远航，心情俨若一个战士踏上征途，胸中顿时就奔涌飙升征服的斗志和激情。而一个经验丰富、久经风浪的水手和掌舵者，他必然善于辨识天光水色，会把控时机，顺势而为，规避风险，有勇有谋，胆识过人。这是天人合一的大自然给予的启示。李白诗句"长风破浪会有时，直挂云帆济沧海"更激励着我们要坚定信念，勇往直前，克服一切困难阻碍到达目标。

回过头再看当年那个爱海的懵懂少年，为了心中的梦和理想，如今也万水千山踏遍，饱经了人生的风风雨雨，潮起潮落，仍然痴心不改、一往情深。也正是有了这份因缘际会，让我在面对日趋淡漠的世态人情、污浊不堪的某些社会现状时，心灵仍保存着最初的那片海般空澈澄明。在任何时候，它都要我抖擞精神，有勇气直面人生，坚定前行。大海啊，今生我愿化为一条船，融入你的万顷碧波，如妈妈的臂弯、爱人的怀抱，永远不再分开。

这辈子我注定要和船，和江海相互仰慕依恋、纠缠不清了。

（写于 2014 年 6 月 11 日）

# 清明情思

又到一年清明时。

因为去世的父母今年满孝，我赶在清明节之前请工匠给他们树碑完毕，提前扫墓祭拜了。

每年清明，在广东定居的亲人们还会不远千里回来，给先辈们上坟，寄托哀思。这也成了我们家的例行私事。

在父母坟前，我总难免想到一些事情——仿佛他们的音容宛在，他们身前的成就和未完成的遗愿历历在目。在祭拜时，我除了在心中遥祝父母在天堂那边无牵无挂，更祈愿他们的在天之灵多多护佑子孙后代幸福平安。还有更重要的就是，我们作为后人一定要努力经营好自己的事业，不辱先人，为家族争光。

我还会时常想起我的亲爷爷，他是我们家一位非常特殊的亲人。爷爷早在上世纪五六十年代就去世了，他是在外出逃饥荒时饿死在外面，被当地人发现后草草掩埋在襄阳朱坡，连遗骨都未能迁回来。在那个人人自危、衣食无着的岁月，这是国家、个人悲剧的一个实证和缩影。在基本生存条件都得不到保证的前提下，其他的尊严将丧失殆尽！

由爷爷的故事，我自然联想到那些风雨如晦、国难深重的年代。远的不提，就拿1976年清明前后发生在北京的"天安门事件"来说吧。1976年1月8日，周恩来总理逝世，一代伟人如巨星陨落。清明节期间，首都民众自发聚集在天安门广场举行悼念活动，因民情激愤引发了非暴力性的冲突。由此，中国老百姓开始觉醒并认真反思国家、民族、自身的前途命运，这也为后来的肃清反动势力、改革开放、民族振兴吹响了冲锋的号角。这些现在九零后、零零后可能还不知道的旧事，提醒我们当下的幸福生活来之不易，其中也经历了许多的艰难曲折、拼死抗争。

当前，我们正处于一个新旧交替、社会矛盾尖锐的多发期。在一些群体事件、暴恐活动中，有无辜群众被残忍杀害，骇人听闻。作为生者，在哀痛悼念之余，也只能把希望寄托在执政者更加勤廉公正，每一个公民尽力做好本职工作，把国家建设得更加富强民主，释放愈来愈强大的民族凝聚力，共赴政治清明、经济昌盛、和谐团结的美好愿景。

　　清明节，作为传统节日，是中华民族忠孝仁爱等核心文化价值的载体和民俗风情。在每一年的清明时节，我们静立在祖先的个人丰碑前，缅怀前辈先人的丰功伟绩，抚今追昔。前事不忘后事之师。正是每一个家族一代又一代的个人荣耀，一笔笔奋力的书写才汇聚成中华民族可圈可点、绵延不绝的辉煌传记。

（写于 2015 年 4 月 3 日）

# 静　湖

　　这是一处碧绿澄清的湖泊，我是因为垂钓偶然发现并闯入了这个秘境。

　　湖的面积不大，它是由一条溪流被拦截而自然形成的一片不规则的扇形水域。在湖的两边，高高低低的梯田里种植着水稻，湖泊下游河坡地里的玉米棒子尖上挂着红黄色的须，一家农户的红墙在远处水渠边树木浓荫的掩映下隐隐可见。

　　湖的四面被高大的白杨树合围着，树下是一些小的灌木，它们一起把这儿变成了一个封闭的空间，远离马路、住户和行人，这里出奇地幽静。

　　夏日的上午，天气稍显奥热，鱼儿对钓

饵不太感冒，我索性换上大坨的素饵等待大鱼上钩。我一个人就这样在湖畔守着，保持静默。在我旁边，田沟里的水从脚下的田埂豁口缓缓地注入湖内，哗哗的水声很小但没有一刻的停顿；不时有野风从树叶缝隙间穿过，叶子沙沙响应着；不知名的小虫唧唧叫着，像琴弦在伴奏；几声婉啭短促的鸟鸣含着愉悦的情绪，为这"田园交响曲"画上短暂的休止符。古诗"蝉噪林逾静，鸟鸣山更幽"道出了此时的情形，还透出一丝禅意。

不知何时，湖面上出现了两只白鹅，它们结伴由远及近徐徐划行，身后的水面在它们的脚掌不断拨动下延伸放射出四道清晰的水纹。它们时而在湖中央优雅游动，时而在湖边水草丛里停下来稍事休息。当它们深情地交流问候时，头挨着头互相弓着脖子组成了可爱的心形图案，映照在碧水中。于是，摄影作品中天鹅交颈的浪漫温馨，在这片平凡世界小小的空间里静美地活现着，又超脱了尘世直抵灵魂。由于水面开阔，白鹅的一举一动我尽收眼底，而它们好像也不怕人，或许它们把我也当成了旁边的动植物一样——一只站立的鹭鸶、远处的野鸭，或者是树、草、庄稼……在接下来的几个小时里，两只白鹅一直在湖里觅食嬉戏，始终形影不离，让人在羡慕之余不禁要想：俗世里的我们有时候还真的不如白鹅这样自由和恩爱呢。山川秀丽、岁月静好，与其人与人之间比拼冷静、理智、斩然绝情，还不如就这样无欲无求，宠辱不惊，相忘于江湖。

湖区的静会感染人，我想到了一些事，又好像什么也没想，如同进入了梦境。在我的梦里，我也曾多次遇见过湖。有时，湖在一条河的中间，就像眼前这个真实的湖；有时，我是独自一人沿着崎岖的小路在大山里长途跋涉，中途发现了像天池一样美丽的湖；还有几次，我梦中的湖出现在城市的市区，是一个半人工半天然的景观湖。梦肯定不是空穴来风，多少附有现实的影子。似真似幻，非幻非真。梦里梦外，我和湖谈了几场几千年漫长的恋爱。如今我坐在这儿，与鹅和湖为伴，相望两不厌，也像一个梦。

四周太安静了，四周太绿了，我的周身沾满了树木、庄稼、湖水的绿。随着时间的推移，绿色慢慢浸透、渗入我的四肢躯干灵魂，我觉得自己像松软消融的雪一般，和周围的景物融为了一体。索性抛开杂念，如同僧人进入禅定。而人也只有在这种极端环境下才能彻底放松、超脱，才会发现、思考平日里忽略的一些妙理和生活的真谛。法国先驱思想启蒙者卢梭，在他晚年的总结自传性作品《一个孤独散步者的沉思录》里孑然孤单的身影，两百多年来执拗地走进了人们的内心。美国先验主义哲学家、作家梭罗，在美国东北部的瓦尔登湖畔独居了两年多的时间，写出了著名散文集《瓦尔登湖》。在书中，梭罗以切身感受呼吁人们保护生态，追求生活的简朴、本真和诗意。例如，他在此书《经济篇》中说："我们天性中最优美的品格，好比果实上的霜粉一样，是只能轻手轻脚，才得保全的。"他又在《我生活的地方，我为何生活》篇中写道："几百万人清醒得足以从事体力劳动，但是一百万人中，只有一个人才清醒得足以有效地服役于智慧；一亿个人中，才能有一个人，生活得诗意而神圣。""我不希望过非生活的生活，生活是这样的可爱；我却也不愿意去修行过隐逸的生活，除非是万不得已。"也就是说，只要心存淳朴、崇高的念想，不管我们在哪儿，哪里都是"瓦尔登湖"。这才是《瓦尔登湖》作者的本意，这就是人生的妙理和真谛。这样看来，我面前的静湖不单是涂抹了一层圣洁的色彩，更泛起了犹如瓦尔登湖、英国"湖畔派"诗人隐居的格拉斯米尔湖、文德美尔湖一样的人文光泽。它就像一块巨大的磁石，牢牢把我吸引住，不愿离去。

夕阳西下，满怀不舍，我不情愿地收好钓具，驱车返回集市。面对着迎头而来的熙熙人流、嘈杂市声，好一阵子我竟然有些不适应，觉得自己就像一个异类。

然而，和静湖一天的朝夕相处，它给我注入了新鲜、纯净、深沉、冷峻的能量，让我抚平内心的躁动，从容面对火宅迫人的滚滚红尘……

（写于 2015 年 7 月 16 日）

网 络 寄 语

# 泊之船

　　搬家了，我的博客又在网易安家了。如船靠岸，这一次我是把网易当成我心灵之航的一个港湾，一弯宁静迷人的海岸线。

　　抛开网络回到现实，我们不也都经历过一次次搬家、安家，一次次回家又一次次出发吗？人生恰似一艘航船，一次次靠岸又一次次扬帆。

　　再细思之，我们每个人从呱呱坠地的婴儿，到第一次离开家长上幼儿园，第一次坐在小学的课堂上，第一次离家到外地求学谋发展。离开家、离开父母、离开儿时的玩伴、离开从小学到大学的同窗，这既是一个逐步独立的过程，也是一个成熟的过程。得到了一些东西，失去更多的东西，一切却是那样的无奈和必然。

一路前行，我们会孤单吗？靠什么支撑我们坚定地走下去？不久前从网上看到的北大校长在2011本科生毕业典礼上的发言给出了一个答案：在北大的求学历史仅仅提供了一个背景，在课堂上学到的书本知识不过是神马浮云，派不上多大用场；但北大求学的背景却会终其一生，为学子们今后独自前行提供不竭的精神动力和强大的信心，也只有它才能激励我们走得更远。尽管绝大多数人平凡如我，不能登上北大清华的学堂，但道理是一样的。我们都要善于从平凡而宏大的生活中获得信心和勇气，朝着目标，无畏地走下去。

是啊。远方迷人的风景在召唤。为了那深藏在心中的梦和理想，在人生的某些阶段，我们注定要独自远航——如船离岸。虽然前路漫漫，晓风残月挂天边；风侵霜蚀，容颜变迁，一瞬万年沧海变桑田。最后拿什么来抵挡无情的时间？之于我，只有我最爱的音乐和诗篇。

独自前行，如船离岸。泊在我心里的船，又一次扬帆……

（写于2011年7月11日）

# 困　惑

　　在百度写博客，在网易写博客，我都遇到了同一个问题，它一直困扰着我。

　　有访问量，包括登录访问，匿名访问；但绝大多数的访问者来也匆匆、去也匆匆，什么痕迹都没留下就走了。这些朋友们到底在看我博客的什么东西？我一直搞不明白。

　　就我来说，我写博客当然希望别人看我的文章。如果朋友们都不看我写的东西，也就失去了我开博的意义了。

　　基于同样的原因，我每访一博客也是必先看博主的文章的，不一定全部看，看我感兴趣的内容，包括相册、音乐、博主简介。不看这些东西我从哪里去了解博主呢？另外，对每一位登录访问我博客的朋友，我一定是会回访的，无一例外。

到今天，我在网易写了也快一个月了。按我写东西的速度，是远远不止写这么多的。我放慢速度的原因主要是适应网易的风格，适应网易朋友们的作风。

就像商家要推销产品一样，博客一样需要推广。因此，我有选择性地主动访问了襄樊的一些朋友。还好，有一小部分朋友回访了我，这就够了。说实话，我选择网易还是明智的，短短的这段时间也证明了我的选择是正确的。和百度相比，网易的积分升级制令人更有成就感。还有几点，在我还没有打算在网易交博友的时候，就有两位朋友主动加我为好友，还有一位叫"云卷云舒"的网友率先在我的博客留言鼓励我。所有这些都更坚定了我的信心，这也是我在百度里没有得到的东西。在这里我要向上面所提到的朋友们表示衷心的感谢。

现在，我仿佛有些明白了。不管在哪儿写，不同的朋友们写博客的目的是不同的。但他们和我一样，都在寻找对味的朋友，对不感兴趣的博客，他们肯定就像羚羊挂角，无迹可寻了。

那有朋友不禁要问：写博客到底能交到一些好朋友吗？在博客里能找到自己想要的东西吗？想想其实这些东西并不重要。因为从长线看，方向比速度更重要。找到了一个正确的方向，就是一个好的开端。不要奢求太多，也不要对博客抱有过高的期望。博客仅仅就是博客而已。

想到了这一层，我也就不困惑了。

（写于 2011 年 8 月 4 日）

# 时光不会把每一个人遗忘

说起俺于 2010 年在时光网注册的原因还真有点汗颜。

当时本人超级喜欢在网上下图片，风景图片、美女图片等等都是俺的最爱。我下载、收藏美图的狂热一度发展到近乎病态的地步，上网就下图一直到关机。现在想想也有成绩，我收藏的美图竟也有一万张以上。说了您别笑，我当时注册时光网就是为了下载美女明星图片。时光网为了吸收会员特地把有些图片的下载设置了权限，对网站自身来说这样做也无可厚非。就这样，我一不小心就成了时光网的会员。

下图的狂热期一过，俺又迷上了写博客，

就很少再上时光网了。

没想到的是，从 2010 年 3 月到现在时光网一直在给我的邮箱发邮件，从未间断过。时光网的坚持让我感动，时光团队的敬业让我由衷地佩服。

这不，从今天开始我也在时光网写博客了。时光网没把我忘记，我也来为时光网出把力。

从这件事让我体会到，在我们每一个人的学习和工作中，也要发扬这种坚定执着的作风，不轻言放弃、努力做到最好。因为我们每个人都是历史的主角，我们的每一次努力都将在自己的历史上铭记！

感谢时光，这最客观公正的记录者，它是不会把我们每一个人遗忘的！

（写于 2012 年 1 月 5 日）

# 被上帝遗忘的人

周有光，原名周耀平，1906 年出生于江苏常州青果巷，今年已 109 岁了，现住在北京东城的后拐棒胡同。他自称是"被上帝遗忘的人"。

周有光是与季羡林、吕叔湘、王力齐名的语言学专家，被称为"汉语拼音之父"。他早年曾在国外留学、工作，还是一位经济学家。

周老年轻时患过肺结核、得过抑郁症，身体并不好，算命先生说他只能活到 35 岁。周老并不信这个邪，坚持学习医学、锻炼身体，战胜了这些疾病。现在他除了有点耳背外，思维清晰、活跃，至今每天坚持读书，每个月在报刊上发表一篇文章。他还在新浪开设博客，有众多粉丝。2010年1月出版新书《朝闻道集》，2011年出版《拾贝集》。

下面我们来听听，这位百岁老人如何用他一贯的世界视角看待今天的中国。

1. 经济：大同是理想，小康是现实。要共富，先富带动后富，均富是不可能的。经济学不是道德学，讲道德是另外一回事。现在存在两大问题：贫富不均，贪污腐败严重。这是资本的原始积累。

2. 民主：中国进入民主有两个前提，一方面上面要开放，一方面群众思想水平要提高。

3. 文化教育：现在中国教育有两大问题。第一，大学缺乏学术自由；第二，存在大量无效劳动。中小学生每天都搞到很晚，累得要命，但时间都浪费了，没有必要。

4. 关于国学潮："国学"提法是不通的。学问都是世界性的，是不分国家的。现在每个国家都生活在传统文化和国际现代文化的"双文化"时代，这是今天的文化主流。复兴华夏文化，重要的不是文化复古，而是文化更新，以传统辅助现代文化。

2014年1月12日，是周老的109岁生日。众多专家、学者齐聚一堂，在北京神玉艺术馆举行庆祝会和学术座谈会为其祝寿。学者秦晖、评论家顾玺璋等评价周老身上最让人钦佩的地方是：敢讲真话、人格独立、少有暮气、关注现代社会进程。

周老的生死观：生是具体的，死只是一个概念。没有死，只有生。2002 年，他的妻子在 92 岁不幸病故，他也很快调整过来。他说，人死不能复生，再悲伤也无济于事。活着的人好好活着，是对死者最好的纪念。

本文主要材料来自：《瞭望·东方周刊》2010 年第 17 期，《益寿文摘》2012 年第 8 辑。

（2014 年 3 月 3 日整理撰写）

# 追梦的脚步永不停歇

伦敦奥运会于2012年8月12日晚（北京时间8月13日凌晨）闭幕了。在半个多月的时间里，中外运动员竭尽全力、奋勇拼搏，留下了许多动人的瞬间。其中有几个人特别值得一提：

刀锋战士（皮斯托留斯），他每一次站立在田径场上，都像他的外号一样具有震撼力和穿透力。他在奥运会的存在意义已经远远超越了体育竞技的范畴。

刘翔，一定要说到他。不管8月8号他是作秀也好、无奈也罢，不管他是为了自己、田径队，还是赞助商，毕竟从雅典到伦敦他坚持了八年。

　　王皓，连续第三次获得奥运会男乒单打亚军。他的队友兼对手张继科在决赛结束后接受采访时说得动情：不是谁都有勇气第三次站在单打的决赛场上，打心眼里尊敬和佩服皓哥！

　　同样坚持了几届奥运会后即将告别我们的还有杜丽、朱启南、王治郅，以及更多不为我们熟知的默默坚持却从未登上过领奖台的人。

　　我想说：只要你不停下追逐梦想的脚步，遗憾也是一种完美。

（写于 2012 年 8 月 13 日）

# 世上只有读书好

昨天我看了CCTV4"世界读书日"特别节目——"2013 十大读书人物"介绍，很感动。

获奖者中有坚持为贫困山区的孩子们募集课外读物的青年志愿者；为边远地区孩子们筹建图书馆散尽家资的退休教师、教授；"纸老虎"连锁书店的老板宁愿亏本也不关门，在他和更多人的呼吁下，高层管理者开始关注民营实体书店的生存状况，利好政策或将出台；身为保安却不放弃文学梦的甘相伟、刘永，一个完成了北大的学业，一个出了两部长篇小说并最终在深圳以推广阅读的工作为职业……

他们的事迹无不令我肃然起敬！

刘永在和央视主持人李潘通话时说：阅读不会给我带来实际收入，但能丰富我们的内心；我们的地位卑微，人格不能卑劣。

世上只有读书好，愿我们大家都能在喧嚣浮躁的世界里，寻找到真正的宁静和快乐。

只为那一脉书香永存！

（写在 2013 年 4 月 23 日"世界读书日"）

# 泊客，有空来坐坐

我从 2011 在网易写博客，到今天快满三年了。

这三年来，我博客沿用的"泊之船——心灵的港湾，再次起航的岸"这个主题一直未变，我给博客定的调子是怀旧和励志，是因为我几乎一直在讲自己的故事，我渴望和别人分享自己的经历和感悟。在去年，我下决心更换自己的网名，其实就已决定要转型，不再满足于自我的狭小世界。不写自己，写啥呢？一度我很纠结。也曾想放弃文字，学别人拿起相机拍照片，写写吃喝玩乐的日记，但从内心讲我的确提不起那个兴趣，还是欣赏别家的吧。

2014 年年初，我计划写纪实性散文《情暖汉江》，我要开始为家乡放歌！尽管因一些原因计划被搁置，但这篇文字的眉目我已看清，今后我会陆陆续续分五部分写出来献给大家。

独具魅力的襄阳古城，穿越几千年历史，抖落一身风尘，健步向我们走来，风情万种。特别是最近这些年，家乡变化非常大，用翻天覆地来形容也不为过。作为一名襄阳人，我亲身参与体会到这些进步，分外自豪！今后我将主要关注记录身边的这些东西。

当然，还有一条主线会贯穿其中，我会继续和朋友们分享好的文章。"读书—分享—练笔"是我最大的乐趣，冀此给朋友们享受与启迪，这是我的愿望和目的。

凡来这儿的都是博主的客人，"泊"的客人。泊客，欢迎您有空常坐坐！

（写于 2014 年 3 月 30 日）

# 一路走来，为你等待

很喜欢刘德华的一首老歌《我和我追逐的梦》："漂流已久，在每个港口只能稍作停留……"

我的身体和灵魂一路走来，漂泊了太久，想找到一个归宿。

于是我开始织巢，尽管只是一个虚幻的网络文学之巢，就像一只秋蚕，牢牢包裹住自己，静静在壳里做着蜕变羽化的梦。

回顾我写博客的历程，同样是一路走来，殊为不易。最多的时候，我同时经营着三个博客：网易、读者、散文吧。我所做的这一切，只是想找到更好的平台，以文会友，交流思想、互换写作心得。在当下，要做到这些很困难而且辛苦。因此，有一个阶段，我几乎把博客当成了每天的功课。

我试图在文字里找到归宿，以这种方式和大家交流。

"泊"也有"精神归宿"的释义。我泊在这儿，我是泊者。

等待着朋友们，泊的客人，欢迎到这儿停留休憩。

（写于 2014 年 8 月 26 日）

# 杨善洲的一句话

杨善洲老人去世四年了，他说过的一句话仍言犹在耳、振聋发聩。而且随着时间的推移，他的话越来越具有预见性和真理般的力量。

杨善洲年近七旬从保山地委书记位置上退下来，不安度晚年，到林场带领干部群众植树造林。他到底想干什么？想标新立异或是矫情作秀吗？以他这把年纪、身份地位，他犯得着吗？在笔者看来，杨善洲老人其实是在探索如何壮大农村集体经济的路子。

自上世纪中央制定"抓大放小、搞活多种所有制经济"的大政方针后，中国经济取得了举世瞩目的成绩。财政有钱了，也为老百姓办了许多实事。十多年过去了，慢慢也暴露出一些问题：基层经济实力薄弱，中小经济实体活力不足，经济发展欠缺后劲。当前各级政府制定的促进三农和小微企业发展的各项政策，就是出于以上考虑。

但在农村，改革进展相对缓慢。随着土地（承包权）、林权的下放、流转，基层政权对公共资源（林地、水源、水利灌溉设施等）的控制力趋弱，基层集体经济有空壳化危险。而且，各级债务也是一笔不小的数字。有的地方，乱砍滥伐、无序排放，造成了气候干旱、环境污染。

农村基层组织、基层经济工作的重心在哪？笔者认为，一要管理、使用好各种资源，也就是农村集体财产——自留地、林场、水源、水利灌溉设施、企业等。二要修建维护好基建项目，如公路、通讯设施等。三是根据现有资源状况，引导、发动群众在不破坏生态的前提下因地制宜创收，例如开办农家乐、种植养殖专业合作社等等。把这些资产盘好盘活了，既可以产生巨大效益、增加就业、减轻债务压力，又能长期发挥其作用，造福子孙后代。另外，基层有钱了，就会少向上面伸手，有条件组织开展更多有意义的文体娱乐活动，丰富农村基层文化生活。这其中的关键，是如何创新体制，最大限度调动基层干部群众的积极性。

也许有人会说，只要家庭、个人都富裕了，集体财产可有可无；现在谈集体经济是唱反调不合时宜。这是一个似是而非的观点。"问渠那得清如许，为有源头活水来。"集体经济就像蓄水池，水库、塘坝有水了，小河、沟渠才会源源不断有水。

还记得杨善洲老人的那句话吗？"一定要把（国有）林场经营好，有收益后别忘了给群众分红！"这分明是老书记用他的毕生智慧，在给我们广大干部群众现身说法呀！

（写于 2014 年 8 月 5 日）

# 读《东坡养生集》摘要

苏轼，字子瞻，号东坡居士。其文学成就自不用说，他还是一位养生专家。

苏轼一生仕途坎坷，起伏极大。令人惊奇的是，苏轼在四十年的政治磨难中，竟能把儒家的"穷独"、佛家的超世、道家的遁世，非常和谐地融会贯通，从中生长出一种精神支柱，苦中取乐，在失意中寻求解脱，永远保持豁达洒脱、随缘自适、超越自我的心情。

明代王如锡在其所著《东坡养生集》里，从各个方面收集整理了东坡先生的养生观念。现略摘其要，供分享。

## 一、问养生

问养生家吴远游怎样养生？吴答：两个

字：和、安。和就是和谐，像天地万物、四时寒暑的变化，人几乎觉察不到，是因为变化的过程非常缓慢，和谐到了极点。如果变动剧烈、接踵而来，人早就死了。安就是安心，对外界的变化泰然自若，不受其影响。一方面外界对我的影响很小，另一方面自己的内心又能顺应环境的变化，养身之理就完备了。

## 二、苦乐

快乐和艰难的事情，都是它还没发生时的心情。等到它发生了也就过去了，什么也不剩。最大的快乐其实来自孜孜不倦的追求过程。关键在于调整好自己的心态，寻找自己真正需要的东西，同时还要不断为自己树立新的目标，才能保持内心的和谐。

## 三、饮食

多菜多豆；茶、姜不可缺，但不能过食。饮茶过多伤元气，食姜过多损智力。

煮肉法：把锅洗净，稍微放点水，柴火冒烟但不要明火，等猪肉慢慢炖熟，不要着急，等火候到了就是美味。这也就是"东坡肉"的原型。

煮鱼法：用鲜鲫鱼或鲤鱼，冷水下锅，加盐、白菜心、几段葱白，不可搅动。半熟时加生姜、萝卜汁、酒少许。快熟时加些切成丝的橘皮即可。味道绝美。这种方法和煮肉法一样，充分保留了食材的原味，清淡健康。

（写于 2014 年 12 月 24 日）

附庸风雅

# 读泰戈尔《采果集》兼谈我的文学理想

我年轻时的生命犹如一朵鲜花，当和煦的春风来到她门口乞求之时，她从充裕的花瓣中慷慨地解下一片两片，从未感觉这是损失。

现在青春已逝，我的生命犹如一颗果实，已经无物分让，只等着彻底地奉献自己，连同沉甸甸的甜蜜。

——摘自《采果集》第二章（吴笛　译）

泰戈尔的散文诗集，除了《爱者之贻》外，我偏爱《采果集》，尤其是第二章（见上录），百读不厌。因为它既是这位文学巨匠的一个人生感悟（关于年轻与成熟），也表达了一种乐于奉献的高尚情怀——幸福是给予而不是索取。当然在泰戈尔其他的集子里诸如"如果你因为失去了太阳而流泪，那么你也将错过群星了"（《飞鸟集》），"我存在，乃是所谓生命的一个永久的奇迹"（《飞鸟集》），"你陷入泥潭，往上扔泥浆。坐在上方者，个个都遭殃"（《微思集》）这样的名句层出不穷。但都有一个共同点，语言平实而美丽，思想深邃，给人以心灵的启迪和唯美的艺术享受。毕竟大师功力非同一般，普通人很难望其项背。

中国古代文学家里，我特别欣赏白居易。他的诗作朴实却不失大气，不刻意雕琢但自然隽永。像"在天愿作比翼鸟，在地愿为连理枝"、"同是天涯沦落人，相逢何必曾相识"之类的诗句流传千古。香山居士成功地实践了他"艺术大众化"的理想，在群星闪耀的盛唐诗坛和李白、杜甫三足鼎立。

作为一个文学爱好者，我追求的艺术理想也是如此，即找到"朴素与唯美、思辨与浪漫"之间的一个较好的结合点。要做到这一点非常难，可能努力一辈子也达不到。今后只有尽量多学习领悟，身体力行吧。

就算咱在这里附庸风雅了，与诸位爱好文学艺术的朋友们共勉！

（写于 2011 年 7 月 17 日）

# 读"四书五经"佳句（上）

农历八月到了，庭前的桂花如期开了，空气里不时随风送来它阵阵清幽的馨香，沁人心脾。在这秋高气爽、金桂飘香的美好时节，捧读中华古籍经典，如品陈年佳酿，口有余香，令人沉醉。

中华传统文化博大精深，古代经史子集里很多东西到现在都不过时，我们几乎可以在里面找到自己想要的一切东西。四书五经（《论语》、《孟子》、《大学》、《中庸》，《诗》、《书》、《礼》、《易》、《春秋》）更是其精华和代表作品。

四书里的《论语》是儒家第一部传世的经典之作，孔子及其思想、言论深刻影响了几千年以来的每一个中国人；《大学》提出的明明德、亲民、止于至善的三纲领和格物、致知、诚意、正心、修身、齐家、治国、平天下的八条目，是理学家讲伦理、政治、哲学的基本纲领。

五经里的《诗》三百就不用说了，妇孺皆知。特别值得一提的是神妙莫测、令人神往的《周易》，它从阴阳、八卦，乾（天）、坤（地）、坎（水）、离（火）、巽（风）、震（雷）、艮（山）、兑（泽）的角度，从阴阳、刚柔、正邪、盛衰、顺逆、上下、尊卑和抽象的自然现象（卦象）相结合，分析自然、社会、人群的发展变化规律。抛开其占卜的用途不谈，我个人认为其本质是唯物辩证的。况且《连山》、《归藏》两部宝典已失，在我中华文库中类似的古籍仅剩《易经》一部，更显其弥足珍贵。近来本人细细研读它，越读越觉得它思想深刻、内容广泛，涉及自然科学、政治、军事、哲学诸多领域，包涵了趋利避害、为官、持家、为人处世等等实用内容，读后感觉收获很大。

总而言之，包括四书五经在内的中华传统文化的主旨，在于弘扬正义、仁爱、诚信、宽容、亲和、儒雅的传统美德，倡导乐观、积极、理智、淡定的人生态度。所有这些，在当今竞争激烈、物欲横流的商业社会愈显得其难能可贵。我们唯有从古圣贤人那睿智、超前的文章和思想里才能找到最好的安身立命的方法和放逐心灵、精神憩息的家园。

现略摘其佳句一二，与君共赏。若诸位朋友能从中有所收获裨益，也就不枉费我的一番苦心了。

# 读"四书五经"佳句（下）

## 一、察人

1. 巧言令色，鲜矣仁。（《论语·学而》）

2. 视其所以（所作所为），观其所由（经历），察其所安（兴趣）。（《论语·为政》）

3. 人之过也，各于其党（类型）。观过，斯知仁矣。（《论语·里仁》）

4. 刚、毅、木、讷，近仁。（《论语·子路》）

5. 众恶之，必察焉；众好之，必察焉。（《论语·卫灵公》）

6. 不如乡人之善者好之，其不善者恶之。（《论语·子路》）

## 二、知己

1. 知我者，谓我心忧；不知我者，谓我何求。（《诗经》）

2. 不患人之不知，患不知人也。(《论语·学而》)

3. 道不同，不相为谋。(《论语·卫灵公》)

4. 同声相应，同气相求。(《周易·乾第一》)

## 三、正心

1. 心不在焉，视而不见，听而不闻，食而不知其味。此谓修身在正其心。(《大学》)

2. 子曰："《诗》三百，一言以蔽之，曰：思无邪。"(《论语·为政》)

## 四、隐忍

1. 成王告君陈曰："必有忍，其乃有济（成功）；有容，德乃大。"(《尚书》)

2. 谚曰："高下在心，川泽纳污，山薮（多草的湖）藏疾（危险），瑾瑜匿瑕，国君含垢，天之道也。"(《左传·宣公十五年》)

3. 一惭不忍，而终身惭乎？(《左传》)

4. 小不忍，则乱大谋。(《论语》)

## 五、贫富

1. 邦有道，贫且贱焉，耻也；邦无道，富且贵焉，耻焉。(《论语》)

2. 子曰："君子固穷，小人穷斯滥矣。"(《论语·卫灵公》)

## 六、民贵君轻

1. 民为贵，社稷次之，君为轻。(《孟子》)

（2011 年 9 月 19 日辑并注释）

# 流连经典，迷恋古典

也许是对唐诗宋词、八大家散文、明清小品文等经典古籍太过入迷的缘故吧，我一直以来不太喜欢松散、拖沓的文字。

"鸡声茅店月，人迹板桥霜"、"鹤盘远势投孤屿，蝉曳残声过别枝"、"晚木声酣洞庭野，晴天影抱岳阳楼"……作者体察事物细致入微，语言高度凝练概括。"三十功名尘与土，八千里路云和月。莫等闲，白了少年头，空悲切！"这是精忠报国岳鹏举《满江红》词里的名句，激励了一代又一代年轻人奋发作为。《岳阳楼记》也只有区区几百个字，但全文包容的信息量堪称无穷大：上下几千年，纵横数万里，融情入景，升华精神。范文正在文中发出的"先天下之忧而忧，后天下之乐而乐"声音，到今天仍然有极强的感召力和积极的教育意义。

《菜根谭》、《小窗幽记》、《围炉夜话》这几部书，我更是百读不厌。

受其影响，到了我写东西，第一条追求的就是语言简洁有力，行文句句紧扣主题，多余无用的再好也一句不要。再就是要有尚古之风韵。文有古韵格自高嘛，这也算是我的一个古典情结吧。

一家之言，抛砖引玉。

（写于 2012 年 2 月 14 日）

# 情迷早餐店

## ——关于原创的美学思索

记得有作家说过，火车（公交车）厢里是一个小社会，他们在作品里确实也这样写了。

我坐过无数各式的车，偶遇过形形色色的人，但基本没留下什么印象。为什么呢？想想我觉得因为那是一个相对封闭、相处时间较长的空间，被关注对象一旦失去新鲜感反而不吸引人了。所谓"熟悉无风景"可能即言此。

可是，我们每个人都会在外面吃早饭的，无论是高档的宾馆餐厅，还是热闹的街边早点摊，那里是最具生活化、市民化的地方。

其实，早餐店是每个人一生中去过的最频繁、次数最多的室外地点之一，那是活生生的浓缩小社会，新鲜、热辣、亲切、实际，就是每个人最真实的生活状态。

我本人的几个作品，像 2011 年的《夏之魅》和刚写不久的《端午小令》，灵感就来自我早前去过的几个早点摊。一次是1998 年我因商务出差到杭州，凌晨时分下车在杭州火车站边吃早点；另外几回在我们襄阳本地的小集镇上。我邂逅了几位极具古典和时尚气质的清纯女子。她们的出现是那么惊艳、短暂如惊鸿一瞥，给人留下了美好的记忆和无穷的想象，一度让人迷失。

当然，这只是一个方面，要不然有人会说我太好色，那么多人你怎么偏偏关注美女呢？这一切的根本原因是我根深蒂固的美学观：美一定是来源于生活，具有鲜活生命力的，它就是某人、某物、某瞬间、某思某想。

宏大固然震撼，细微才是常态；恢弘难以捉摸，琐碎构成生命的本质。"于细碎处见功夫，于无声处闻惊雷"，生活和艺术难道不是如此吗？

（写于 2013 年 6 月 16 日）

# 作家是怎样炼成的

我因为爱看小说，自然就会接触到一些作家的成名作和经典作品。看多了以后就看出了一些窍门。就拿几位重量级的作家作品举例：

张贤亮——《绿化树》

张承志——《黑骏马》

刘震云——《塔铺》

村上春树——《挪威的森林》

九把刀——《那些年我们一起追的女孩》

小说里男主角心仪的女孩或者说初恋对象，最终都会离他远去，变为青春炽热的烙印、成长的代价。

这也验证了法国作家普鲁斯特的名言：

爱情只存在于我们的想象之中。换句话说，得不到的永远是最好的，我们终其一生都只是在寻找，不过不同的阶段追寻的目标不一样罢了。

如果再阅读一些哲学和心理学专著的话，就会明白：幼年创伤、青春期挫折往往造就作家。而这些代表着本真、纯洁、青春、理想、人性等等我们最珍视的情感。一旦失去对这些东西的感知、发现、追逐，一个写作者的路也就快走到头了。

文学艺术真正打动人的地方也在于此，它在个人情感最隐秘处、心灵最柔软的地方狠狠地戳到了你，从而激起共鸣。无论是主流还是非主流，商业化还是极端化，都如此！

作家是这样炼成的：他抚平了自身的创伤，将心脏训练到足够强大，再以笔为刀层层剥开自己的伤疤，向世人呈现一种血淋淋的残酷的美。

说是担当，说是勇气；说是自虐，说是自恋——都行。

（写于 2014 年 2 月 25 日）

# 博客，想说爱你不容易

自网络诞生以来，它就以高效、便利、共享、量化客观等优势侵略吞噬着旧势力。

同别的领域一样，网络文化颠覆旧文化是一种必然。以文学网站、博客论坛等等平台占领实体书店、报纸杂志的市场为标志，这仅仅是网络文化强大统治力的冰山一角。越来越多的网络写手正在撬动一个更大的商业帝国。据中国权威媒体披露，2013年中国顶尖的几位网络作家的年收入已超过一千万，NO.1的个人综合收入更是达到惊人的近十个亿人民币。

在全球市场化、商业化的大背景下，只要坚守住自己的核心文化价值、道德底线，其实商业娱乐没什么不好的。自问一下，辛苦工作一天后你最想干什么？不就图个清闲、放松，图个乐吗？能卸下面具不再装吗？已经不想看书、不想看电视，假如有一天对上网也失去兴趣的话，我真不知道该做些啥了。

本人从 2010 年开始网海逐浪，亲身经历了网络文学的兴衰。我开通博客的时间较晚，其时微博已经盛行。由于自己迟钝慢热，还是选择了博客，一直到现在。面对博客的式微、各种怪现状，我曾计划构思写一篇《博客十大病》，但最终还是决定放弃。为什么要三缄其口，装惯了不想再装了呗。我根本没资格对别人说三道四。我想，我能做的、应该做的只是做好自己的事情，其他不再强求。

我"附庸风雅"的几篇文章，从第一篇《读泰戈尔〈采果集〉兼谈我的文学理想》到正在写的这篇《博客，想说爱你不容易》，是想用自己粗浅的学识，试图从文学的价值、历史、技巧、审美、心理、市场诸方面阐释自己的观点，纯属自娱自乐、贻笑大方。

从自己几篇浅薄的文章反应来看，我的坚持没有白费，我对文学、传统文化的价值有了一个新的认识和评价。当然，我们不可能永远待在象牙塔里，脱离现实、远离热点。个人世界永远是渺小、微不足道的。日新月异、火热沸腾的生活为我们提供了更广阔的空间和视野。

最后再重申一下自己的交友目的，因为交友这件事让我有些困扰。我的博客一直是围绕着读书、分享、练笔这个中心，我交网友的主要目的是互换写作心得。交流止于博客，除此之外我再无任何不轨企图。生活中的交际应酬已经够让人烦的了，希望自己不再落入俗套。朋友不在多，而在无仇。

想到了作家"俗世游离"的一句话：网络是最安全的距离。大家在一起交流倾诉、相互取暖，不考虑一些约定的规则，没什么负担。敲响回车键，OK，关上电脑后一切归于虚空。

不矛盾吗？坚守与放任、娱乐和应酬、慢热碰上加速度。

博客，想说爱你不容易。

（写于 2014 年 2 月 28 日）

# 也谈文人相轻

首先澄清一下，我不是文人，顶多就一文学爱好者，连文青都不够格。因此，我一个外行的话您最好别当真。

经常说文人相轻，古往今来有很多例子。中国几千年的封建社会，从汉代独尊儒术以来，"万般皆下品，惟有读书高"。科举制度更是为官、扬名、发达的唯一合法途径。此种情况下，打压排挤别人成了步步高升最有效的手段之一。

现在时代变了，但封建余毒仍未完全消弭。在文学和其他一些领域，文人相轻一类的事情也时有发生。在自然科学界，还曾有过一种"怀疑一切、否定权威"的学术气氛。

当然要承认，很多时候权威是该推翻的，科学理论技术借此不断前进。但是，一切学术的基础不都是前辈、权威们一步步建立起来的吗？别忘了后人的成功，只不过是"站在巨人的肩膀上"的缘故。

还是回到文坛。前辈看不惯新人，新派瞧不起老人，这是文化代沟。倘若同一个年龄层次也互相不感冒，那就不只是悲催，更有好戏看了。究其原因，无非实力、地位、政见、流派不同。众说纷纭，公说公有理，婆说婆有理，就像包青天也断不清的家务事一样，最终什么结论也得不到。

并不是鼓励一团和气，或者和稀泥。我们彼此之间能不能都尊重对方的生存空间？更进一步说，能不能都从别人的看家本领里学到哪怕一点点招式，来增强自己的武艺？这样下次再和别人过招时"杯具"可能就会少一点。

（写于 2014 年 4 月 30 日）

# 我不会停下手中的笔

就好比一个农民用惯了一把铁锹，一位木匠拿起某一只刨子特别顺手，笔对我而言也如此。

我阅读过一些作者的文章，在谈到对写作这件事本身的认识时，一般都会说那是一个崇高神圣、意义重大的工作。对此我并不认同。很多职业，投身其中的人都会觉得自己在干一份非同寻常、责任重大的事业。

我个人认为，文学、写作和其他脑力体力劳动一样，你职业或者业余地在做这个事，它给你带来收入和成就感。慢慢地你爱上了她，离不开她，甚至有人到后来身不由己、骑虎难下。

　　我对写作的理解是这样的：不管最后做到哪一步，一开始的原因都是一样的，是有话想说，有感而发。深层次内因是孤独和苦闷。写到后来慢慢爱上了这种感觉，乐此不疲，就像格林童话里穿上了红舞鞋的小女孩，再也停不下来。

　　前几天，我看到一位编辑在他新浪博客里的自白很好玩儿，现借来与朋友们分享：

　　"男的，写字的，做编辑的，吃饱了撑的……"

（写于2014年7月2日）

# 纯文学的无奈

　　远的不说，在近现代作家群体里，鲁迅、柏杨、张承志这三位作家，在他们创作生涯的鼎盛时期，先后由小说创作转而写散文杂文。这中间到底隐藏着一些什么秘密？且听下文。

　　作家的本质都是批判的，但从批判的深度广度、锋芒火力之猛、誓不妥协等方面看，上述三位最彻底、最具个性。

　　从三位作家的批判对象看。鲁迅先生深恶痛绝的是中国几千年人吃人的封建礼教，满口仁义道德的虚伪，麻木变态的市民意识。柏杨进一步将上述现象称为"酱缸文化"，他推崇西方的科学民主、人文、人性、人权。

柏杨后来更是将希望寄托在青年人和下一代身上，希望从每一个家庭做起，培养包容、理解、互相尊重的新氛围（见其杂文作品集《丑陋的中国人》、《我们要活得有尊严》）。张承志在上世纪八十年代，接触到中国西北少数民族和底层人民的生存现状后，公然和主流文化决裂（散见于其散文集《清洁的精神》、《以笔为旗》等）。虽然张承志曾一度狂热地迷信"红卫兵"式冒险和造反，这固然会带来一定的风险，但是他反对的是腐朽阶层、丑恶现象。

当然，话又说回来，我们现行的社会文化制度的优势，与封建专制政权不可同日而语。柏杨老先生在他后期作品里也承认了这一点。而张承志 2007 年出版的《聋子的耳朵》一书中的态度则平和了许多，开始接受一些普世价值。

从文学和写作的本质来看。小说和杂文等文学作品，到底是解决什么问题的？所想要达到什么目的？各有什么不同？

文学、文学作品是写人的，关注的是人的命运，弘扬的是人性。千百年以来，政治社会制度一直在变，但人的本性变化不大。文学的主要功能是歌颂人性中美好的一面，鞭挞人性中的阴暗和丑恶，抑恶扬善。文以载道不是其目的，是不得已而为之。而鲁、柏、张三位作家的"载道"是有清醒意识、自觉自发的。

小说这种形式是文学的主流，是纯文学的代表（还有诗歌）。它的任务和主要内容如前所述，它和音乐、绘画、电影类似，主要是提供娱乐和审美的，并不评价政治和社会制度的好坏。一般来说，散文随笔、杂文因其篇幅短小，则不受其限制。

　　说到这儿，我不由想起了"莫言现象"。2012年，作家莫言成为中国获诺奖第一人。伴着他的成功，随之而来的批评声也如他的名声一样鼓噪鹊起，成为社会热点。外界批评的矛头主要集中在莫言本人及其作品政治立场模糊，甚至说他的创作有低俗化倾向。说穿了这还是"文以载道"观念在作怪。对此，我认为不妥，也不公正。小说和散文杂文不同，小说就是娱乐工具，是休闲产品，是枕边书，它不是政治宣言，只要正式出版了就有其合法性。非要小说谈政治，无疑就像要一个舞蹈演员一定要去练习少林硬气功一样，没有必要且不伦不类。莫言的成功在于他对小说写作技巧的突破，大大跳出了现实主义这一主流。追随主流、主旋律易，突破创新难。

　　回到本文的主题，鲁、柏、张三位作家有一个共同点。一开始都写小说，他们的小说同样出色，后来却不约而同一致放弃了虚构性的创作，选择了散文杂文直抒胸臆，向现实宣战！这种行为本身就值得尊敬。作文如做人，和其他相较，勇敢、表里如一、质朴真诚是更让人欣赏、钦佩的品格。但从他们转变写作方式这件事来讲，也影射出了纯文学在某些方面的苍白和无奈。

（写于2014年7月15日）

# 纷繁嘈杂中的写作

2000 年，我从单位下岗了。

在这之前，我已经在外面打了三年工。因为没有专长，我一直在做销售。随着年龄的增长，又限于自身条件，就业优势慢慢丧失掉了，我的打工之路几乎走到了尽头。

我还能做些什么呢？一个埋藏在心里多年的写作和文学梦开始萌芽、抬头了。其实，因为自己喜欢，早在 1995 年我就通过了"高等教育自学考试"，拿到了"中文"大学学历。这么多年风风雨雨的人生，屡经挫折，加上社会阅历的积累，为写作提供了丰富的素材，我的"小宇宙"终于爆发了。于是，从 2010 年我在网上写博客开始，一篇篇的文字就这样从键盘上跳跃流淌出来……

　　要想做好一件事并不容易。人到中年，上有老下有小。一边是二老身体不好需要照料，一边是小女儿嗷嗷待哺。真正属于自己的时间少之又少。我家住在一所学校里，每个工作日人声鼎沸，喇叭、口哨声不绝于耳，难得清静。通常我正在写东西，思路突然就被喧嚣声所打断；好不容易重新进入状态，老人小孩的事又来了，只好暂停。

　　为了一家人能吃上安全放心菜，我除了帮妻子干家务，还要到菜园种菜。因此，一段时间以来，劳动、读书、抽空写作，成了我的生活常态。

　　众所周知，写博客是没有收入的。若靠投稿赚稿费来维持生计，对于一个普通写作者来说根本不现实。我的思路是：希望通过写作、出书来从事与此有关的工作。很显然，我的动机是功利的，但我的文字与此无关。尽管文笔粗糙不够完美，但我是怀着一颗真诚、敬畏之心在写这些文字的。相信读过的朋友一定能感受到这一点。还有，在我的文章里多次出现"信心"、"勇气"、"梦想"、"目标"等字眼，这是自己在给自己打气，我对自己和现实还怀有希望。如果读者朋友们看了有所触动的话，善莫大焉。

　　需要进一步阐明的是，在面对"理想"与"现实"、"过去"和"现在"等等相对立的命题时，我采取的是中庸、平衡的应对方法。追求价值理想是生活的方向，理想不能最终实现是生活的现实。当它们互相冲突时，我庆幸自己仍抱有谨慎乐观的想法。还是回到本书里的文章，在《不闻松涛》一文结尾处出现的那一小块"松树苗"；《又见皂荚树》文章的最后，"我"终于在城镇附近找到了"大皂荚树"。这些形象既是现实也是希望，代表着笔者的精神追求和情感寄托。生活的意义，恰恰也就体现在对这些东西孜孜不倦的追求进程之中。在所有矛盾冲突严重到不可调和，成为一种文化价值两难和自我认知的悖论后，除了无奈，笔者选择退回到既往的世界以及古典美的意境中寻找一丝慰藉了。

我常常在想，十年、二十年以后，我还会写这些东西吗？如果再写，又会是一种什么心态？

我想说的是，我们只要秉持积极和忠实的态度面对自己，面对现实，不抛弃不放弃，再难亦总有一线生机！

（写于 2015 年 1 月 31 日）

原创诗词

# 分享艰难

不忍看你的泪眼
我的心好酸
一路有你陪伴
虽苦也甜

我要改变
变得积极和勇敢
积极面对生活
勇敢接受挑战

人一生就那几十年
说长也长，说短也短
活过、爱过、奋斗过
再无遗憾

（写于 2010 年）

# 年少的梦

一根冰棍
一本作文书
别人脚上的球鞋
校园里不多的几身羽绒衣

邻家女孩
同桌的你
黑板上的小报
抽屉里的日记

为了一个梦
走了千万里
众里寻他千百度
霏霏雨雪
杨柳依依

（写于 2010 年）

# 抒怀打油诗

### 岁月留痕

人过留其名，雁过留其声。

惊鸿一瞥时，淡淡雪上痕。

### 火山雪

寂寂几世纪，皑皑白雪生。

天下极寒地，世间最炽心。

### 海鸥

起落盘旋处，不染纤纤尘。

声声入我梦，夜夜慰诗魂。

### 海

初见在粤外，距今十四载。

浩瀚起伏意，一如我心怀。

（写于 2010 年冬）

# 水之轮回
## ——听卡地亚同名纯音乐有感

冬雪溶、化春水

夏雨骤、秋露微

百川到海，幡然西归

水之轮回

生老病死，江山易帜

人世轮回

聪明误我

我误流年似水

我不负众生

上苍终不负我辈

（写于 2011 年 10 月 21 日）

# 坚 持

## ——致自己

.

不能放弃
不该放弃
丢失了你
丢失了自己

何处寻觅
你的踪迹
存在的意义

等待
太久太久的等待
从史前冰河期就已开始

穿越亿万光年的距离

选择了命运
坚定不移
不管最后的结果
这本身就是一种胜利

（注：前不久看到海外一位网友 Z 的网易博客的自我介绍，
很有道理，暗合我意，故有上文。）

（写于 2011 年 11 月 3 日）

# 短　章

## 一、小镇面孔

在故乡小镇

见到那几张面孔

四十多岁的女人

五十出头的男人

三十几年来一直未变

让人一下就想到

计划时代的食品所、供销社

有时空停滞之感

## 二、城市印象

黄昏

夜幕低垂

华灯初上

坐在只有几个人的公交车里

像船一样

慢慢在城市游荡

### 三、年味

小孩子

放鞭炮

烟火的味道

### 四、水库

不见了成群游动的大鱼的黑背

阵阵起落的野鸭

曾经飞来的一只尊贵的天鹅

### 五、儿时伙伴

绝大多数再也见不到了

见到的几个已不认识

还有一两个仍在心里记着

### 六、海魂衫

遗失在小学操场边的

篮球架上

（写于 2012 年 1 月 6 日—1 月 28 日）

# 渐行渐远

## ——为网友"粉彩迷情"同名画作题诗

现代坐骑

秦时的路

汉代的风

搭载千万年刻骨铭心的爱恋

在梦境最深处

渐行渐远

渐行渐远……

(写于 2012 年 2 月 7 日)

# 呓　语

近日，独行梦游至汉水古渡口，夜冷，齿战有声，循音竟得下文。

汉水古驿，迎晨曦，孑然独立

春已残，夏未至，阵阵寒意侵袭

眺江面，氤氲四起；恍如胸中雾霭，朝朝夕夕

汀上钓翁频挥竿，小舟未系；村姑浣纱满江堤，昨梦旖旎

沉溺，沉溺，雾锁两岸沦漪

遥想仙人渡口，千年诡异

孟夫子衣袂飘飘，当此景，难留零星字迹

由此去，销沉了闯王麾下，十万铁骑

倚天屠龙张无忌，为芷若，几度情迷


收遐思，怜自己；忆前后，长太息

亲已逝，驾鹤西；鸿鹄志，实难期

众生苦，一一恤；营营生，了无趣

恨流年，似水迻；光阴箭，弦弦急

尘霾漫天，朝来眸前，暮至心底

挥之不去，挥之不去，凭你万般计


（写于 2012 年 5 月 1 日，改于 2012 年 5 月 3 日）

# 栀子花开

是我的脚步匆匆

冷落了你娇羞面容

记忆的角落满是你的气息

今日见你蔚然葱茏


生如夏花说的就是你呀

岁月静好如歌乘风

有了你的身影出现

生活正式拉开它盛大的帷幕

爱的味道渐浓


（写于 2012 年 5 月 29 日）

# 盼　春

白色恐怖

席卷一切

禁锢一切

封锁陆路水路

连同姗姗来迟的

春之讯息

在冰雪的阵地前坚守

将窒息的空气撕开一个缺口

心中的热望一跃而出

格子衬衫　横条毛衣

携上小童　快去播种

种桃　种李　种春风

（写于 2012 年 12 月 31 日）

# 端午小令

内陆腹地
西域面馆
素黄旗袍
仪仪端端

你出现在清晨离乱的小镇集市
时针正指向 2013 的夏日
又一个端午之前

分明是湘妃禁不住寂寞
楚地重游
想看看《离骚》最新版

穿越时光隧道

乾坤挪移上世纪的西子湖畔

第一缕光线开始醒来

街道嘟哝着吴越春秋的梦魇


就这样她来了

时尚简约

镂空蝙蝠衫混搭健美裤

黑白分明

美丽似尖刀剜心的刺痛感


同样的五月

同样的早餐店


是湘夫人驾临现代

抑或

精灵一样的你

潜回了古典


（2013 年 6 月 11 日戏作）

# 莲·物语

爱莲

从西湖到东湖

从东瀛到南浦

水语

鸟语

雨语

朝朝暮暮的絮语

莲

无语

（写于 2013 年 7 月 6 日）

# 桉

桉

统治澳洲莽原的河流山川

似凤凰浴火而涅槃

纵遇洪水泛滥成泽国

龙鱼白鹭戏其间

迎春风绿意盎然

千年的虬枝主干全空

考拉的巢穴和乐园

任世纪环境更迭

笑对水火的考验

片片片片

随遇而安

唯一不变的是

不断改变

（写于 2014 年 1 月）

　　附记：CCTV2《动物商学院》节目说，桉树生长在澳洲广袤的原野，在恶劣的自然条件下练就了顽强的生存本领，经山火和洪水能转危为安，生生不息，令人叹为观止！

# 沐

——写给 **2014** 世界读书日的十四行

走在烟花三月
青春的牧场
缕缕细雨濡湿渲染
杨柳枝头最后的鹅黄

风儿舞起多情的衣袖裙角
鼓动每一个童年蛙声的青草池塘
洗净周身的困乏
溶入旖旎的波浪

快捧起书卷吧
步入心灵的殿堂

沐书香如沐春光

慢点啊
脚步请再放慢点
盛夏咄咄逼人的骄阳

（写于 2014 年 4 月 26 日，2014 年 4 月 27 日改定）

# 六月莲

参不透的一句偈

几段经文

许愿池前的

一笑一颦

爱到荼蘼

情事成谜

盼你　怨你　恋你

你矜持如故

一年一年

为了等你

我年华老去

你始终懂我

但你不说

像童年的邻家女孩

记忆里青涩的模样

如荷如菱

慢慢我们都已蜕变

由根到叶

从花到茎

是时候了

道一声珍重吧

六月的花神

我的挚友知音

千万年后的荷月

轮回后的万音寂灭里

听到的是你

初见的那一声

（写于 2014 年 7 月 5 日，改于 2015 年 8 月 6 日）